冬潮を航く　＊　目次

II 『三好直太遺歌集』

装幀　真田幸治

冬潮《ふゆしお》を航《ゆ》く

三好直太の歌

はじめに

なにゆえ人は短歌をつくるのか。それも、寝る間も惜しむほどに打ち込んでしまうのはなぜなのか。

＊

三好直太《みよしなおた》は、「地中海」の歌人である。

大正十一年、伊豆半島の富戸に生まれた。二歳で母と死別、十二歳で父と死別。父の生家の家業（生川屋旅館）を継ぐことを早くから期待され、商いに学問は不要と進学の道を閉ざされた。十五歳で日本郵船に入社、浅間丸に乗船し、船中で図書係となり読書や詩作を続ける（十一歳ごろから、小説や漢詩をはじめ多くの文学書に親しんでいた）一方、書道をはじめた。

戦争がはじまり、現役兵として中国各地を転戦。

二年に及ぶ収容所生活の後、昭和二十二年（二十四歳）復員。父の生家の家業に従事しながら、地元でさまざまな文化活動をおこなう。だが、翌年には生川屋を出て（生川屋の養子として伯母方の姪との婚約を破棄)、僧門に入ろうとするも断られ、漁業に従事。その翌年の昭和二十四年、二十六歳で結婚、富戸漁業協同組合の会計主任となる。この年に白日社に入社、「詩歌」への投稿をはじめる。イカの豊漁が続き睡眠時間も二時間くらいという中で、作歌に没頭したという。

昭和二十五年に長男が誕生。自宅にて書道教室を開く。

昭和二十八年(三十歳)、前田夕暮三年祭にて、書の師である出口草露を通じて香川進を知り、「地中海」に入社、同人となった。翌年、詩歌十五人歌集『回帰線』に参加、その翌年には次男が誕生。(ここまで、「三好直太年譜」参照)

＊

父の生家の家業を継ぐことを放棄し、独立した自分の家庭をもったあたりから三好直太の作歌は始まり、はじめは「詩歌」(前田夕暮)、夕暮没後は「地中海」(香川進)の同人となった。ここまで年齢にして、二十四歳から三十歳。短歌という表現を得てからの、その打ち込み方は激しい。作歌を通して、文学や哲学を語り合える人々との繋がりを得た喜びも、そこにはあったように思われる。それは、直太が長く望んできたものではなかったか。

昭和三十一年五月号の「地中海」は、「作歌をとおして生の意義を探るということ」という特集を組んでいる。そこに直太は次のように書いている。

一瞬の意識のなかに、つねに百、千年をも自覚できるにんげんぼくの、よってきたるところは、すべてのひとと、生きるべき条件、時と場所を異にする現実にある。実は一生に就いて、他と対比するを必要としない、ぎりぎりの吾であることを確認したい。

一首を推敲する一刻々々の累積が、やがて一生のぼくぎりぎりの一刻が、いかに真剣であるか、或は否かが、ぼくをどのようにでも、明日へ押しあげていくのである。うたを創るとき、自覚すると、しないとによらず、現実には、つぶさに、一つを生みいだし、茫々と自己の足跡をのこしているのは百の目的をあげつろうより、確かなことなのだが、もっと突きつめていけば、原稿紙に、書きこむ一字々々が、ぼくのからだの、全細胞の変化と不可分のものである事実は、見逃せない。にんげんが、どのように力んでみても、一瞬々々の意識のほかには、自己を主張する機関をもたないことは、実に、一瞬を離れて、ぼくの生涯が成立しないことを意味し、もし、もののはずみで歌をつくる、などといえば、それだけのぼくを露呈する結果となるからゆかいである。はじめから生の意義をさぐる定義などあるはずがないし、その限りにおいて自由なのであるが、ぼくのからだが耐えうるだけの時間は大切にしたいとおもう。

或いは、生きる現実に意義を感じないとしても、いのちあるかぎりは、明朗でありかつ公正であり、大胆であるほうがいいにちがいない。にんげんの世界が、ひとりで生きられるものでない冷厳な、事実を体認するに至るまでですら、なまやさしい営為ではない。子を持てば、そだてる責は負わねばならぬ。いやでも明日を期さねばならぬにんげんの必然は、やはり肯定すべきが至当なのであろう。

千態万様の生活のみなもとを、究極するには、短命では問題にならないのは、わかりすぎるほど、わかっているのであるが、酒量ひとつ、なかなか節度をたもてないのが現状であり、何もわかっていない証拠でもある。できれば、雪をころがすように無心に、みずからをより大きくしながら、生きぬき錬達なひとびとの仲間入りをしたいものである。

長い引用になってしまったが、省略することなくそのままを読んでもらうのが一番良いと思った。

三好直太、三十二歳のときの表明である。真っ直ぐな言葉だ。一刻一刻をいかに真剣であるか。生きることがそのまま文字を書くことであり、文字を書くことがそのまま生きることであるということとは、短歌にも、書にも通じる。

そして、これを書いた翌年の昭和三十二年、「地中海」全国大会を生川屋旅館で開催し、漁業協同組合を退職、ギリシャ船の船員となった。「子を持てば、そだてる責は負わねばならぬ」とはっきり書きながら、妻と幼い二人の子どもを置いて出航していったのである。

昭和三十三年、地中海合同歌集『群』に参加。そこには、他に足立三郎、米田登、小林能子、小野茂樹が参加しており、三好直太は自作の冒頭にロンドンから次のようなメッセージを寄せている。

明日がある限り真直ぐ生き得ることを信じる。短歌といい、政治という、僕の内面から徹底的にゆさぶり覚されることがあるとすれば、多いほどよいに違いない。その振幅の度合が深ければ深いほど、生きる意味ふかさが強烈になるのであろう。自己にぶつかるさまざまなできごとを回避するなく生きるのには勇気がいる。それは人間であることに赤裸であるには勇気が要るごとくである。

一九五七・一二・二一　ロンドン見学の日

六年間の外国船生活を終え下船したのは、昭和三十八年。四十歳になっていた。昭和四十一年五月に歌集『離離航海』出版。そこには航海中の作品に加えて、下船後の作品も収められているが、海のうえ、外国船という容赦なき鉄の箱のなかにあった日々を、「わたくしは自分のおもう存分のちからを揮い、考え、表現するための立場をつねにふんだんに満喫していた」と、あとがきに記している。

I

『離離航海』

（赤堤社　昭和41年5月20日発行）

1　銹

みずからに銹《さび》吹くごとく黙し佇つゆうべ凍みて澄む島嶼のうえの空

この歌、おそらくは船上にあって、凍てつくような冬の夕空を見上げている。黙って佇んでいる姿が「みずからに銹吹くごとく」と表現されているのに目が留まる。しかも、一般的に使われている「錆」ではなく、わざわざ「銹」の字を使っている。

『新字源』に当たってみると、「錆」は「くわしい」の意味で、「さび」の読みは日本語としてのみに用いられているようだ。一方、「銹」は金と音符秀《シウ》（にじみ出る意）からなり、金属の表面ににじみ出る「さび」の意を表すとある。漢字本来の持っている意味からすると、「さび」は「錆」ではなく、「銹」と書くべきなのだろう。

下の句は、「ゆうべ凍みて澄む／島嶼のうえの空」。字余りになっている上に、「島嶼」は、どう読むのか。再び『新字源』によれば、「嶼」は「しま・小島」とある。見霽かす海上には幾つかの島があり、大きいのもあれば小さいのもある、と見ているようだ。ルビが振られていないので、そのまま読もうとすれば「とうしょ」となるが、そうではあるまい。音数からすると、「島嶼」で「しま」と読ませるのだろう。この辺りにも、作者の表現に対するこだわりが感じられる。

「ゆうべ凍みて澄む／島嶼（しま）のうえの空」で、8・8の字余り。凍りつくような冷え込みの中、島々の上に澄んで広がる夕空。その景に次第に銹を吹くような身は包み込まれてゆくのであろう。それは厳しい冬の景だ。

ところで、「みずからに銹吹くごとく」と表現された立ち姿。

すぐに浮かんでくるのが、「身から出た錆」という慣用句である。『広辞苑』には「自分のした悪行のために自ら受ける苦しみや災禍。自業自得。」とあるが、「みずからに銹吹くごとく」は比喩表現になっていて、慣用句とは直接つながってはいない。だが、この慣用句を知らないということはないだろうから、どこか意識の隅にはあっただろうし、「自業自得」と響き合うような自分の中に収まりきれないものを抱えていたのかもしれない。それが何であるのかは分からないが、「自分で自分自身をさいなんでゆく。幾多の理由があることだろうが、おそらく、自分自身の個性を強烈に把持しつづけようとするからではなかろうか。」と、この歌集の終わりに香川進（この歌集を編集した）が書いているのが思い起こされる。

他には、次のような「銹」のうたがあった。船員の仕事として、船体維持のための銹打ちという作業があるのだそうだ。

わが息嘯《いき》に灰のなかよりうかびくる燠《おき》あり燠も冬の銹立つ
はりつめし顔にひとすじ冬の日が沁む刻刻に銹打たんとす
寒き日を追いうつ労働の額《ぬか》に沁む銹の粉ごと汗をぬぐえり

二首目、三首目に見る銹打ちの作業。それからすると、「みずからに銹吹くごとく」は、銹吹く船体のように自らを捉えていると言ったほうがいいのかもしれない。

それにしても、この銹打ち作業の厳しさ。冬の寒い日にも、欠かすことはできない。張りつめた顔で、いっしんに銹を打つ。堪《たま》らず拭う額の汗には銹の粉が、というのだから、まさにここでの労働は、「みずからに銹吹く」作業だったようだ。

2 労働

くどくどしく吾はいわねど労働に怒鳴るほど生に熱中したき

くどくどしくは言わない。だけど、とにかく生きることに熱中したい。夢中になって働いて、それで時には怒鳴ることもあるくらいに。

率直な声が響いてくる歌だ。身体を酷使する労働に、生の実感を希求する、作者の思いの強さ。

冬の日をいま浴びはじむ労働と時がはがねと響きあいつつ

こちらは少し難解。三句目以降の「労働と時がはがねと響きあいつつ」がやや摑みにくい。冬の朝日を浴びはじめる。そこに「いま」と入ることで、臨場感が増す。労働はすでに始まっている。おそらくは、早朝の甲板での作業だろう。

「労働」と「時」と言うことで、具体的な作業は抽象化される。はがねと響きあう「労働」、はがねと響きあう「時」。「はがねと」とあるのは、「はがねのように」ということであったか。はがねのような厳しさで労働と時とが鬩ぎ合うなかに身を投じてゆく。そこには、いっさい手抜きはない。一瞬一瞬を刻みつけるように労働に打ち込む。

ここでの「労働」は、いわゆる賃金労働ではない。むろん報酬は得る。残してきた妻子を養わなければならない。しかし、それより前に、「一刻一刻をいかに真剣であるか」ということこそが、直太にとって重要なことだったのだろう。「労働」や「時」という語を選択したところにも、〝いかに生きるか〟という思想的なものが感じられる。

労働意欲おし鎮めみん航跡のよるは白毫光《びゃくごうこう》となれるひとすじ

労働の意欲は漲っているようだ。夜の航跡を眺めるにも、それを押し鎮めようとしなければならないほどに。

それにしても、「よるは白毫光《びゃくごうこう》となれるひとすじ」の美しさ。心を鎮めて、ほうーっと一筋の光となった夜の航跡を眺めるひとときもあったことにほっとする。

オーマン錨地晴るればいそぎ船体《ハル》を塗る汗あえて得ん充実いまも

オーマンは、オマーンのこと。アラビア半島南東端の首長国だ。イギリスの影響下にあり、一九七〇年に独立した。作者が訪れたのは、独立以前ということになる。

「錨地」は、停泊地のこと。航海の途中、オーマンに碇泊し、ちょうど晴れたので晴れているうちにと船体に塗料を塗る作業をしたのである。船体の塗装は、錆打ちとともに船体維持のための大事な船員の作業である。汗まみれになってするその作業がもたらす充実感。

「労働」には、次のような歌もあった。

労働の忿怒ならねど働けばけわし赤道の陽を浴ぶこころ

はげみ経し労働のうえの六年をにがき充実とわが妻はいう
労働にたちむかいゆくわが性おおく叛骨にしてひたぶるなり

労働に立ち向かう自らの性質を、「叛骨にしてひたぶる」と言う。ここにも、修行とか、鍛錬といった精神的なものが窺える。

3 沙

印度洋を越えきて冬の太陽が沙陰《すなぐも》るはてに沈みゆくみつ

「印度洋」は、むろん「インド洋」。漢字三文字の「印度洋」はあまり見かけない。「沙」に「すな」とルビ。「沙陰る」で「すなぐもる」。「陰」という字は、動詞の意味としては「おおう」「おおわれる」「かくれる」「かげる」「くもる」があるが、読みとして熟しているのは「かげる」であって、「くもる」と読ませるのはやや特殊と思われる。

「沙」は、「砂」の本字。意味は、①みぎわ。水べの砂地。②すなはら。さばく。③すな。④ごく微細なものに冠することば。⑤よな（げる）。よなぐ。水中であらい分けて、悪い物を取

り去る。〔『新字源』による〕

それに対して、「砂」は、「沙」の俗字。訓読みに「すな」。意味は、すな。いさご。まさご。インド洋を越えて来て、砂で陰《くも》っている果てに冬の太陽が沈んでゆくのを見た、というのである。「沙」という字から、その背後にある砂漠、砂漠の国が想像される。アラビア半島、アフリカ大陸。はるばると航海して、ここまでやって来たのだ。季節もいつか冬になっている。

沙《さ》の涯にいま黝ずめる落日のおおきなる響も耳にきこゆる

この歌では、「沙」を「さ」と音読みしている（因みに、「沙」には「すな」という訓読みはない）。「黝ずめる」は「くろずめる」と読むが、「黝」には「あおぐろい」の意味がある。黒とは言っても、青みがかった黒と見ているようだ。砂漠の果ての落日が実際にそういう色合いに見えるのかどうかは分からないが、少なくとも作者は青みがかった黒い落日と感じているのだろう。

一首は、「落日のおおきなる響も」と、視覚から聴覚へ。これも実際に落日の音を聞いたというのではなく、落日の大きな響きが聞こえるように感じたということなのだろう。砂漠の落日のスケールの大きさを、轟くような音として表現したものと思われる。

リビア嵐しずまりし後くぐもるそら冬月の暈の砂《いさご》を飛ばす

リビアの砂嵐が静まった後に冬の月。静まったとは言え、細かな砂粒はまだ飛んでいて、空はくぐもっており、月の暈に飛んでいる砂粒が見える。冬月の暈が砂を飛ばすという表現が、動きを伴い、生き生きとしている。

ここでは「沙」ではなく、「砂」。さらに、「いさご」とルビ。細かな砂粒を見ているのである。

他にも、このような歌が。

かぜとおく飛ばしきたれる砂の粒掌にかがよえばつくづく寂し

砂疾風ふき過ぎて余響ののこる空はや黄に澄まん渦なすひかり

湿潤な日本の気候とは全く異なる乾燥した風は、遠くからも砂粒を運んでくる。船上にあっても、気候風土の違いが如実に感じとれる瞬間があったのだろう。乾いた風に運ばれてくる砂は、もの珍しくもあったのか、繰り返し詠われている。あるいは、作風の上で〈乾き〉ということを言った香川進のことも頭を過ったただろうか。

4　内在

いちずにわが内在にうかびたり塞上の胡人辺風に佇つ

「わが内在」と言う。「こころ」とか、「たましい」ではない。

ただ一筋に「わが内在」に浮かぶのは、「塞上の胡人辺風に佇つ」。下の句は漢詩になっている。

「塞上」は、砦のほとり。「胡人」は、中国で北方、または西域の異民族を指す。「辺風」は、辺地に吹く風。中央から遠く離れた辺地にあって、風のなか、砦のほとりに佇つ異民族。いちずに思い描かれる憧れの姿だ。

年譜によると、小学生の頃から白楽天の「長恨歌」を暗記するなど、漢詩への興味を持ち、唐詩選をはじめ多くの文学書に親しむとある。小学校を卒業後は日本郵船に入社し、浅間丸に乗船。そこで図書係となり、読書や詩作を続ける一方、書道を始めるともある。漢字や漢詩、さらに文学や哲学に向かう思いは、かなり早いうちから並々ならぬものであったことが窺われる。

歌集『離離航海』の装幀をした画家の田中岑は、三好直太への追悼文（「地中海」昭和五十年十一月号）で、この歌を挙げて、「辺風に佇つ塞上の胡人が直太の内在とかかわったと直太は詠う。直太の内在は伊豆富戸の常世の里か。富戸には山の神も海の神もいる。海の神は、神霊様。女の神様で、一ヶ所にじっとしていない神様だそうだ。そして、人間の影のように漁師や船頭について廻る生き神様だが目に見えぬ。……（以下略）」と書く。一ヶ所にじっとしていられないかのような直太の性分を、田中岑は「直太には船霊様がいた」と見たようだ。さらには、「塞上の胡人は、そのとき直太。大観に『屈原』がある。」とも書いており、横山大観の描いた屈原の像に直太を重ねているようだ。

ここには画家のロマンを感じないでもないが、「辺風に佇つ塞上の胡人」とは直太自身なのだというのにには大いに頷かれる。

歌集の終わりに香川進が、歌壇ジャーナリズムが百首詠、五十首詠を依頼してきたときにも直太は何かの口実をつけ、それには応じなかったということを書いているが、「塞上の胡人辺風に佇つ」の人であれば、それは当然のことだったろう。

『離離航海』よりも前に、三好直太には合同歌集『群』（昭和三十三年刊）がある。その作品タイトルは「涯《はたて》に生く」であった。ギリシャ船から送られた作品群で、日本から離れ、遠い涯《はたて》に生きるということだろうが、生き方としても「涯《はたて》に生きる」ということを自らに課したのかもしれない。

目とずれば潮の音つよく響くのみわが内在にあふれくるまで
ゆるやかに高麗芝のすがれゆく踏めば内在ゆうぐれんとす

後の歌は、ギリシャ船下船後の歌で、伊豆高原のゴルフ場造成に現場主任として従事した頃のもの。高麗芝を踏みながら「ゆうぐれんとす」る「内在」をうたっている。

5 船出

なれとへだつあいだの海へ曇る日を一つ映して船出せしなり

船出した日を振り返っている。船出した日の海面には、曇った空が映っていた。晴れ晴れとした船出ではなかったようだ。それは、海が汝との間にあって、「なれとへだつ」ものと意識されていたからだろう。

「なれ」とは、妻であり、まだ幼い二人の息子である。昭和三十二年、長男の聖三《しょうぞう》は七歳、次男の銀《しろがね》は二歳だった。

伊豆に戻ってからの日に妻を詠んだ歌にこういう歌がある。

家出せるわが意地ずくの生きざまを嫁ぎきてついに嘆かざりにき

「家出せるわが意地ずくの生きざま」と言う。妻子を残し、ギリシャ船の船員となって船出したことは、言ってしまえばそういうところがあったのだろう。

汝がはだか抱きざまに陰噛みしかば父には澄みてきこゆる悲鳴
ちいさなる歓びごともすべて告げん妻の孤閨のながかりしなり
さがみなだうすき曇りのただなかに怒れる島よ児のおらぶこえ
児の意志の衝迫のさまあざやかに意外につよき頰ずり挑む

航海のあいだに立ち寄る妻子のもと。一緒にいなかった時間を取り戻すように妻と話をし、抑えきれない子どもたちの思いを受け止めようとする。それは、愛おしさを感じる、かけがえのない時間だっただろうが、それでもまたその時間を振り切るように船出してゆくのだった。それにしても、一首目のなんとも手荒な愛情表現。幼い男の子が悲鳴をあげるのも無理はない（「陰」は「ほと」と読ませる）。だが、その悲鳴も父親には嬉しかったのだろう。「父には澄みてきこゆる」と詠んでいる。

吾妻欲りて夜夜くるしむもつきつめて思えば生をゆたかならしむ
寝に就かん夜闇に底いなきごとくそこにまぼろしの児等こえはなつ

遠くに置いてきた妻子を求めて苦しむ夜。禁欲を自らに課すことも、「つきつめて思えば」自らの「生をゆたかならしむ」ものであると考える男である。「意地ずくの生きざま」とは、あくまでも自分本位の生き方。ずいぶん勝手な言い分だと思わずにはいられないが、本人にとっては妻子を置いてでも出て行かないではいられない、やむにやまれない思いがあったのだろう。

6　冬

舷梯を閉《さ》せば航海はじまれりつぶさに冬を味わいゆくべし

「舷梯」は、船と岸とをつなぐ階段、梯子、タラップ。岸との出入り口を閉ざして船出する。いよいよ航海のはじまりである。

そのときに思うことは、「つぶさに冬を味わいゆくべし」。

「冬を味わう」の「冬」は、おそらく単に季節を言っているだけではない。凍てつくような厳しさを味わおうと言うのだろう。季節は冬以外にないのではないかと思われるくらいに三好直太の歌には「冬」が繰り返し出てくる。

この歌につづく一連には次のような歌もある。

独房の脚太き椅子へはだかなりすぐる思考の澄みつつありて
君を襲う恐れもついに忘るべしはたらきて何処へ死を追いつめん
冬潮のただなかを航く船に生きて取捨自在なる意志をつよむる

「独房」「君を襲う恐れ」とあるが、この状況はよく分からない。船の中で喧嘩沙汰になると、頭を冷やすために独房のようなところに入れられることがあったのだろうか。（後日、聖三氏から聞いた話によると、商船には独房のようなところはないと思うとのこと。イタリアだったか、酒場で刃物沙汰の喧嘩をしたため監獄に入れられたが、船が出航するというので、同僚の船員たちの協力で出獄できたという話を聞いた記憶があるという。）

独りになって、裸になって考えていると、昂った感情が鎮まって、思考が澄んでいくように感じられる。相手に対する攻撃的な思いもどうでもよくなり、とにかく働いて、どこかに自らの死を追いつめるような気持ちになる。……そういうことを言っているのだろうか。

　三首目、ここにも「冬」が。陸から離れ、冬潮のなかを航く船。言わば、俗世間から離れ、隔離された空間である。そこに身を置き生きることは、自分自身の内面に深く錘を下ろすことになる。他者の入り込む隙なく、おのれ自身の「取捨自在なる意志」を強めることができる。船の中が、厳しい修行の場になる。かつて僧門に入ることを決意したこともある男である。俗世間から離れ、隔離された空間に生きることは、まさに願ったことでもあっただろう。「つぶさに冬を味わいゆくべし」に込められた思い……。

　ところで、『離離航海』の歌集名はなかなか決まらず、候補に挙がった中に「垂鉛」「鉄の箱」があったという。鉛（錘）を垂らすというのは、おのれ自身の内面凝視を言うのだろう。「鉄の箱」とは、俗世間から離れて洋上を漂う船。閉ざされた空間にして、おのれ一人の取捨自在なる意志をもてる空間。だが、最終的に歌集名となった「離離航海」は、潮の香をまとった遙々とした広がりを感じさせる。いい歌集名だ。

7　無聊のこぶし

塔影に霧あかりふる街ゆきて無聊のこぶしポケットにおく

寄港地では、陸にあがって街を歩くこともあった。この歌は、ロンドン。前後に、次のような歌が並ぶ。

テームズは蒼きものとしてしずみおり開閉橋《はし》はね上らざる午後の霧
なにをきおい外国船に乗り組みいんロンドンの路のかたえ鳩と遊べば
戴冠の儀場をあるくに足れども英国史のなにに搏たれて居らん

霧の街、ロンドン。霧を通して午後の明るさはあり、塔の影が浮かんでいる。テムズ川は蒼く沈み、ロンドンブリッジも霧の中に見える。

街歩きをしながら考えているのは、「なにをきおい外国船に乗り組みいん」であったり、「英国史」であったり。手はポケットに入れたままである。

「無聊のこぶしポケットにおく」という表現は、なかなかカッコイイ。霧の街を歩くトレンチコートの男などを一瞬想像してしまったのは、寺山修司の有名な歌のせいかもしれない。だが、「無聊のこぶし」と言うところ、しかも、「ポケットにおく」であるところ、やはり直太なのであった。労働の場から離れた手は、置き場がなくて……という感じがある。久しぶりの休息だったのかもしれないが、かえって何をしていいか分からないという感じでもあったか。

ところでこの歌は、歌集の中では「野にくろき」という一連五首の中に収められている。そして、その一連の最後に置かれているのは次の一首である。

半円に陽がしずみゆき野にくろく鞭打たるまで牛はうごかぬ

ロンドン詠と思いきや、一連として表そうとしたものは全く違うものであったのかもしれない。「野にくろき」とは、動かない牛なのであった。それも、「鞭打たるまで」動かない牛。場所は、ロンドン郊外なのか。地平線にまさに日が沈んでゆく野の広がりを背景に、シルエットを浮かび上がらせている牛。

牛が動こうとしないのは、大きな日没の光景に見とれているのだろうか。ただ休息の時を延ばしているだけなのだろうか。いずれにせよ、外からの働きかけがない限りは、牛は自分から動く気配がない。鈍重な黒い塊のように動かない。

この牛には、おそらく自己投影があるだろう。そして、牛を鞭打つのもまた自分自身なのだろう。

8　陸の塵

ヨルダンの難民の上に餓死せまる知りつつながき航海へたり

直太がギリシャ船の船員だった頃は、言わば、第二次世界大戦後の混乱期で、世界の至るところで革命やクーデターが起こっていた。そこへまた大国が派兵、進駐するなどして、さらに問題を複雑化させてもいた。

一九五八年（昭和三十三年）だけ見てみても、二月エジプト・シリア合邦、アラブ連合共和国成立。五月、レバノン内戦始まる。七月、イラク革命、共和国宣言。米海兵隊、レバノン上陸。英降下部隊、ヨルダン進駐。八月、ラオスでクーデター。九月、アルジェリア臨時政府成立。十月、ギニア共和国独立。パキスタンでクーデター。十一月、スーダンでクーデター。……というのもごく一部で、米ソに加えて、中国もかなり気になる動きを見せていた。

潮騒のめざめ誘《いざな》う烈しき日いさぎよきまで陸《くが》にへだたる

陸の塵とどかざる日の多端にしてひるよく動きよるよく眠る

船上にあって、陸で起こっていることからは遠く隔たっている。いや、陸で起こっていることなど気にしていられないほど労働に明け暮れ、疲れ切っては眠るという日々である。それがむしろ快い。「いさぎよきまで陸《くが》にへだたる」というのは、そういうことか。「陸の塵」の届かないところで「烈しき日」を生きる、その喜び。

だが、世界をめぐり、実際に目にし、耳にすることに無関心でいられるものではない。航海の目的の中には、広く世界を見聞するということもあったようだ。

ヨルダンの難民の上に餓死せまる知りつつながき航海へたり

ヨルダンで難民の身の上に餓死が迫っていることは知っている。その一方で、知りながらも(わたしは)長い航海を経てきた。

こう詠んだときに、直太の心にあったのはどんな感情だったか。自責、諦念、焦燥と挙げてはみるが、そんなに単純なことではないだろう。

星雲の映る夜半《やはん》のカリブ海キューバ革命を想いてわが燃ゆ

私兵駆使して怒りに逸るキューバ攻め野太きを肯定せざれども

いきおいて打銹作業にうち込めば渾身の影みぎしひだりす

これは、メキシコ湾、カリブ海を航行中の歌である。キューバ革命は、一九五九年（昭和三十四年）。「陸の塵」は海の上にも届き、時には燃えるような思いにもさせる。だが、その思いの向けられる先は、銹打ち作業だ。渾身のちからで銹を打てば、「渾身の影みぎしひだりす」。渾身の影が右へ行ったり左へ行ったり……。銹打ち作業も捗るというものだ。

世の中の動きから隔たることを一方では望みつつ、もう一方では、知っても何もできないことに身悶えている直太がいるようだ。

9　遠野火

間断なく靡きまた噴く遠野火の炎《も》えしずかなる日のもとにみゆ

絶え間なく風に靡いてはまた噴き上げるように燃える遠い野火。その燃える様が、静かに燃える太陽のもとに見える。

「間断なく／靡きまた噴く／遠野火の／炎《も》えしずかなる／日のもとにみゆ」。四句目の「炎《も》え」

は、遠野火の「炎え」であり、「炎え」しずかなる日（太陽）でもあるのだろう。空からは穏やかな日差し、地上はるかには燃え方の定まらない野火。スケールの大きな景ながら、ここでは地上の炎の不穏さに目が行く。

野火の元には何があるのか。紛争やクーデターの比喩かとも思われるが、このままの景として読んだほうがいいのかもしれない。

この歌は、「沙陰《すなぐも》るはて」一連十九首の中にあり、この歌に続いて次の歌が並ぶ。

何のねがいとどめんとする死に就きてとずる瞼を泪あふるる
セム族の跣なせるはしずかにて幾百の瞳よわれとあい対かう
みずうみのみどりにながく浸りいる感覚ありて夜が更けてゆく
灰白の砂塵ぴしぴし街路樹の根かたにあたる街に渇きぬ

一首目は、死にゆく人の閉じた目から泪があふれたのを、「何の願いを留めんとする」と見ている。死は、溢れた泪とともに荘厳されているようだ。

二首目。セム族は、「セム語系の言語を話す諸民族の総称。アラビア人・エチオピア人・ユダヤ人が含まれ、ユダヤ教・イスラム教・キリスト教を生んだ。ノアの長子セムの名に因んで命名。」（『広辞苑』）。「跣」は「はだし」。大勢の、裸足の異民族の静かな目と対峙する「われ」。

何かを語るというのでもなく、静かな彼らの目と相対する。そこでは、多くの言葉以上に交わされたものがあったのではなかったか。

三首目は、夜が更けていくのを感覚として捉えている。「みずうみのみどりにながく浸かりいる感覚」とは、どのようなものか。身体が冷やされ、浄化されていくような感覚か。夜の時間の流れと、そこに身を置く「われ」。それだけをうたっている。こういう歌は、ほかに見たことがない。

四首目、「灰白の（かいはくの）」と始まる。灰白色、砂塵の色である。その砂塵がぴしぴしと街路樹の根方に当たるというのだから、乾燥している。風も強めに吹いている。そういう街に渇き、潤いを欲している「われ」。

どの歌も静かな淡々とした表現だが、弛んだところがない。韻律からしても、詩性の面からしても、たいした完成度。ちょっと唸る。

10　穴

まだ稚き「共匪」斃《たお》せり目に沁みるちがや靡ける丘の上の壕

「とおい穴」一連十首の中から。

「共匪《きょうひ》」とは、中華民国統治下の中国において、中国共産党の指導のもとに反政府的に活動したゲリラのこと（「ウィキペディア」より）。「匪」は、悪者の意で、中国共産党のゲリラを卑しめて言った語である。

「共匪」、それもまだ「まだ稚き」者を斃《たお》した。「斃」は、ここでは「ころす」の意。「まだ稚き」と見えた敵を殺したのである。

加害の事実を述べ、二句で切れたこの歌は、三句目以降では茅《ちがや》の靡く丘を描き出す。その風景は静かで美しい。そして、淡々と表現しながらも、「目に沁みる」からは情感の滲みが感じられる。

年譜によれば、「昭和十八年（二十歳）　現役兵として岡山百三十七聯隊に入隊　中支、北支、南支を転戦　広東省海豊県青草鎮で終戦を迎える」とあり、「とおい穴」は直太の戦争体験であるらしい。

一連の中には、このような歌もある。

戦車壕の底いに脚部骨折の馬の飢うるも見て通りたり
胸のへの隆起も既に凍てていて二つつばらかに天に触れいる
ゆるがせにならねば死も生も触るるなくただ黙黙と焚火をかこむ

君葬る火煙一条のほのおなしいくばくの天を染めいしならん

げに寒き面もちをして佇ちおりぬ屍体を落とす穴黒きなか

「穴」とは、「壕」であり、また「屍体を落とす穴」なのであった。

一首目は、壕の底に骨折して動けぬまま飢えている馬を見捨てていく歌。その馬よりも、兵のほうが戦場では低く見られていた。二首目は、凍てついた死体。胸の二つの隆起からすると、女性だったのだろう。三首目は、極限にあって生も死もなく、ただ黙々と焚火をかこんでいる。四首目は、「君」を火葬にする炎。「君」とは、大切な戦友であったのか。「天を染めいしならん」とあるところを見ると、主体は「君」が火葬される場を見てはいない。どこか離れた場所で死に、火葬に付されたことを誰かから聞いたのかもしれない。五首目は、死体を埋めるための穴掘りの作業か。黒い穴の中に佇む姿は、屍体が落とされる様をもうすでに見てしまったかのようだ。

再び年譜に戻ると、「各地転戦中も戦闘の合間をみて中国の風物や唐時代の風俗画、漢詩などの鑑賞、唐詩に関しての渉猟など文学への情熱を持続する　二年におよぶ収容所生活の間も詩作や中国の原典に接し無聊を慰める」と続く。幼い頃から漢詩等に親しんだ直太にとって、中国は憧れの地であったにちがいない。戦闘の合間にも中国の文化に触れ、文学への情熱を持続したという。戦地にあって、戦闘に明け暮れてばかりいたわけではなかった。戦地において、持続し得た文学への情熱！（片山貞美は、直太への追悼文で「持ちつづけた脱俗気分」と書いている。）

昭和二十二年（二十四歳）、直太、中国より復員。

〔付記〕

「地中海」の会員になる以前に「詩歌」に所属していた三好直太には、合同歌集『回帰線』（詩歌十五人歌集）がある。白日社叢書として、昭和二十九年六月一日発行。発行者は前田透で、跋文も書いている。

三好直太は、まだ本名の三好直太郎の名で、「自動銃」五十首をもって参加。その中に、『離航海』に入れられた歌が既にある。

・胸のへの隆起も既に凍ててゐて二つつばらかに天に觸れゐる　（「流山墟」）

・ゆるがせにならねば死も生も觸るるなくたゞに默々と焚火をかこむ　（同）

・君葬る火煙一條の焰むらなしいくばくの天を染めゐしならむ　（「火と煙」）

・げに寒き面もちをして佇ちをりぬ死體を落す穴黑きなか　（「死ひとつ」）

表記は、旧かな、旧字体であった。

11　解放戦

いかなる解放戦もおびただしく恕《ゆる》し難きまでいのち死なしむ

玉城徹が三好直太の追悼号（「地中海」昭和五十年十一月号）に寄せた文は、この歌を挙げるところから始まり、次のように述べている。

「離離航海」の巻末近く、このような一首があり、これは紛れもなくすぐれた思想歌であると、今は亡きこの友人の歌をしみじみと読み直す気持ちにわたしはさそわれていった。一首の言うところは簡明で、誤解の余地がない。しかし、誰でもがいだく軽い感想などではない。ここには直太がみずからの長い苦難の生活とひきかえにかちとった認識が「うた」となって流れ出ているといった風の、ある名状しがたい、重く、混沌としたひびきがこめられている。思えば、直太自身、いわばおのれの「解放戦」を戦って来たのではなかったか。そして「恕し難」いまでに自分の生の刻々をいけにえとして来たのだ。そのいきどおろしさが、この一首に悲劇的な深みを与えているように、思える。

誤解の余地がないほど簡明と言いながら、そこに「直太がみずからの長い苦難の生活とひきかえにかちとった認識」が「うた」となっていると読み取っている。「紛れもなくすぐれた思想歌」と見る所以《ゆえん》である。

さらに続く「直太自身、いわばおのれの『解放戦』を戦って来たのではなかったか。」という言及は、直太という人を深く理解する人でなければできないことだろう。戦争体験のみならず、直太の生い立ちから死までの、「生の刻々」を思いやっての言葉であったにちがいない。玉城の、直太の死を悼む思いが、ひしひしと伝わってくる。

玉城は続けて、直太の歌四首を挙げ、「陸に上ってからの直太の、一種の喪失感と苦悩とが、これらの歌から生まなましく伝って来る」と書き、さらに、それを見ていた夫人の苦痛を察してもいる。その歌——。

はげみ経し労働のうえの六年をにがき充実とわが妻はいう
怒気と粗暴ととるところなかりし頃がこおしこおしと妻は
いえ庭の石垣をおおう雑草《あらくさ》の絮もしずかに飛ぶ日となりぬ
かってわれ敵に抱きし殺意などふかくおもえば日日の恥

陸に上がった船霊様は、すっかりおとなしくなってしまったわけでもなかろうが、夫の怒気と粗暴に苦しめられたであろう妻は、変わってしまった夫の姿に心を痛めてもいる。それまでは、石垣をおおう雑草の絮が飛ぶのを眺めている夫など想像もできなかったことだろうに。そして、直太はと言えば、そういう妻の思いを重々承知しながら、黙って受け止めていたにちがいない。

12　子

よる遅くあくなく学ぶ子が明日に生《よ》のしずかさは希《ねが》わざるべし

この歌より前に、

聖三《しょうぞう》は受験勉強に夜夜はげめり父なるわれは助言するにとどむ
いきおえるわれの叱言に応えくるひるむ筈なき子の瞳すがしも

があり、「よる遅くあくなく学ぶ子」とは、受験勉強に励む長男の聖三であることが分かる。三句目の「子が」の「が」の解釈には少し迷う。主格の「が」なのか、「明日」にかかる「が」

(「子の明日」の意味)なのか。だが、いずれにせよ、「生《よ》のしずかさは希《ねが》わざるべし」という下の句、子は自らの将来について平穏な人生など希望していないだろう、と確信しているようだ。最後の「べし」の働きは大きい。これによって〝確信〟とまで思わせる。父親としての、息子に対する信頼の深さも窺える。

それは、「いきおえるわれの叱言に応えくるひるむ筈なき子の瞳すがしも」にも現れている。勢いこんで叱る父親に対して、怯むことなく応えてくる子。その子の瞳を「すがしも」と見ている父である。

直太自身は、生川屋《なまかわや》旅館を継ぐのには不要だと言われ、学問の道を断たれた。年譜によれば、小学校高等科を卒業後、昭和十三年(十五歳)「日本郵船に入社浅間丸に乗船、船中では図書係となり、読書や詩作を続ける」とある。日本郵船に入社する前の頃か、襖一面に字を書いたり、読経をし続けて、家人に気味悪がられたこともあったという。大人たちがよってたかって、理不尽と思われることを押しつけてくる。それに対する抵抗は、襖一面に字を書くことや読経という激しいかたちとなった。それだけ学問への思い、文学への思いが強かったということだろう。そうした直太にとって、「よる遅くあくなく学ぶ子」に対する期待が並々ならぬものであったことは想像に難くない。

海に生くるねがい聖三《しょうぞう》に大胆なるうごき冬の日にあからさま

これは、掲出歌に続く歌。その夜遅くまで勉強している子が、なんと「海に生くるねがい」を持っているというのだ。韻律の乱れがそのまま心の動揺を伝えているようでもある。「大胆なるうごき」ともあり、普段は口数の少ない子が発した、父親としては想定外の子の心の内だったのだろう。船員生活で長く家を空けることが多かったにもかかわらず、息子が自分の姿を追って同じ道を歩もうとしている。それが嬉しくないはずはなかっただろうが、戸惑いもあったにちがいない。そして、その仕事の厳しさを知っているからこそ、子に語って聞かせなければならないこともあった。

『三好直太遺歌集』には、その頃の親子関係が分かる、次のような歌がある。

容赦なき海の孤独を言葉《こと》とぼしき子の明日のため説く諄々と
ほしいままに海を志望しゆかしめん親を凌ぐほどの根性ありや

〔付記〕
「地中海」昭和四十年六月号に、三好直太の消息として、「長男聖三君伊東高校入学、父の意志を継ぎ商船大学志望。父子船乗りとなるべし。ただいま身長一七五㎝余、体重六三㎏ほど。」とある。

13　草の絮

天城連山に冬いたるべく草の絮のいまとどきいる杉の秀のうえ

海から陸に上がった直太は、昭和三十八年から四十年まで天城高原ゴルフ場造成に現場主任として従事した。天城連山は、馴染みの山だったことだろう。冬の到来が近い天城連山を背景にして、草の絮が地上を離れ、杉の木の上にまで届くのを見ている。「秀」は、「ほ」。木の先端、てっぺんを言う。

この「草の絮」、ススキの類であったか、タンポポやアキノノゲシの類であったか。草の絮が杉の木の上まで届いたと目視できるものか、やや疑問が残るが、舞い上がった草の絮の動きをずっと目で追っていたのだろう。

「草の絮の／いまとどきいる／杉の秀のうえ」。「草の絮の（くさのわたの）」と三句目を字余りにしたところ。ゆったりと、草の絮が歌の中心に据えられている。そこにまた、それを見上げている作者の、はろばろとした憧れのようなものも感じられる。草の絮がこんなに高く舞い上がるからには、空は晴れていて、空気も乾いているにちがいない。冬を前にして引き緊まった大気の冷えも、天城連山のあたりには感じられていそうだ。格調の高い調べからは、作者の気分の良さも伝わってくる。

みだれみだれて風に飛びゆく草の絮ひかりは午後の丘を流るる

これは、別のときの歌。この歌での「草の絮」は、かなりの量のようだ。「みだれみだれて」が、そう思わせる。こちらも、初句で字余り。この草の絮は、とどめようがない。そして、光のなかに、光よりも光そのものになって、午後の丘を流れていくのだ。それは、自由に放たれた存在のかがやきでもある。

『三好直太遺歌集』の初めのほうにある「草の絮とび尽くすべく舞いあがる風にかがよう充実さむし」も、同じ光景をうたっている。「充実」と言い、それを「さむし」と言っている結句に目が止まる。

ところで、「みだれみだれて」と同じ字余りの初句ではじまる歌は、もう一首あった。こちらは直太にしては珍しく艶っぽい。

みだれみだれて遠きかの女《ひと》とあいいたるこの暁のゆめも儚き

14　塵忙

ページのうえ塵忙の一日を淡淡と書きとめて眠りゆくまでのこと

「塵忙」は、「じんぼう」と読むのだろうが、一般的な辞書には出ていない。直太が好んで読んだ漢詩や漢籍のなかにあるのだろうか。何度か繰り返し使っている。言葉の意味は、俗世の忙しさ、煩わしさを言うのだろう。

「ページのうえ／塵忙の一日を／淡淡と／書きとめて眠り／ゆくまでのこと」と切るのなら、6／10／5／8／7となり、全体的に字余りの歌だ。下の句は、句跨がりにもなっている。

一日の終わりに、世俗にまみれた今日のことを淡々と日誌に書きとめて眠りに就く。それまでのことだ、という口ぶりに満足感はない。生の充足を得られないまま、「塵忙の一日」をやり過ごしてでもいるようだ。さらに言うなら、それまでのことだ、と言い捨てるような表現に漢詩の影響が見られるかもしれない。

世俗の忙しさに追われている日と、船の上にあって「労働」になにもかも忘れて打ち込んだ日。充実感の違い、生きている実感の違いが対比されてもくる。

いきどおり深きをも措け塵忙に紛れ経る日日おごそかにして
かって塵忙に紛れ悔いざりき野太き性《さが》あるいは色欲にいず

一首目では「塵忙に紛れ経る日日」を肯定しているかに見えるが、二首目では、塵忙に紛れ悔いることのなかった日々を今では悔いる思いがあるようだ。塵忙に紛れ、そうした日々を野太き性や色欲によっても逃れることのできた嘗てに対して、今は逃れようもなく身は苛《さいな》まれている。下の句をそんなふうに読んでみたが、どうだろう。この読みにあまり確信は持てないが。

つねにふかくいだく感傷もことごとくいわざりしかど胸にはこたうる
おもい微かに眠りに就かん夜毎を平安なるにはあらぬ
妻も子も眠りふかまる暁闇《あけぐれ》に炎のごとく瞳をそそぎおり

「感傷」を言う一首目。直太にして「感傷」を言うのであった。字余りで始まった二首目は、下の句を「平安なるにはあらぬ」と大幅な字足らずで終わる。この心情吐露は、定型の安定には収まりようがない、ということか。そして、三首目の、妻子の安らかに眠る界から身を離し、暁闇を見つめる瞳の激しさ。

15　つむじ曲り

われはただつむじ曲りの酒徒ならん紫蘇の実漬をぷつぷつ嚼みつ

己《おのれ》とは何者か。「つむじ曲りの酒徒」と人の眼には映るだろうが、そして事実、「つむじ曲りの酒徒」でもあるのだが……。酒を飲みつつ、紫蘇の実漬けをぷつぷつ嚙んでは考えていることだ。

紫蘇の実漬けを嚙みつぶす音の「ぷつぷつ」が、思考の時間や思考の種類をリアルに伝えてくる。紫蘇の実の香りや、漬物の塩っぱさとともに。酒のあてが別のものであったなら、こうはいかないだろう。ここは「紫蘇の実漬」でないといけない。

「苦虫を嚙みつぶす」と言うが、紫蘇の実を嚙む行為はそれに近い部分もあろうか。いやいや、酒飲みには、この紫蘇の実を「ぷつぷつ」の食感が堪らない。無心に「ぷつぷつ」嚙んでは酒を飲む。無限に続けられそうで、気がついたら飲み過ぎということにもなりそうだ。

海の男が遠笠山にはたらけば変幻自在にして蟇《ひき》にのるわれ

海の男が山で働いていると、変幻自在になって蟇にも乗ってしまうというのだから、これはもう蟇《がま》の妖術を使う児雷也である。もの狂おしさも極まったり、と言うべきか。直太の乾いた笑いが聞こえてきそうだ。

この歌、初出では「海の男が遠笠山にはたらくを変幻自在にして財をなさずといふ」(「地中海」昭和三十九年一月号)とあり、人からどう見られているかという歌だった。「変幻自在」というのが、ここでは山で働く海の男を嗤って言っているのだ。それを直太は、推敲の段階で「われ」の歌にした。「変幻自在」も逆手にとって、「変幻自在にして蟇にのる」と詠ってみせたのだ。どうだ、参ったか、といったところだろう。

わが妻に優しきおもいおおき日かハミングのこえ厨に響く
かたわらの妻の寝息にやすらうと夏柑ひとつわが喰いすすむ
こども等は日曜ひと日犬小屋をつくり過ごせばうたも聞ゆる
風呂に起つわれにホースの水浴びせ児等の笑いの暫し庭にあり

妻や子等をうたったこういう歌を読むと、家族の中に安らぐ直太もいてほっとする。海の上にいては味わえなかったものをたっぷりと味わってもいたことだろう。

最後の歌については、「父親が風呂に入っている私たちにホースで水を掛けたことに始まり、その真似を私たちがした」のだという裏話を聖三氏から伺った。「圧力の強い人」ではあったが、「そういう茶目っ気を持つ人」でもあったそうで、そうして見ると、前に挙げた「変幻自在にして蟇にのるわれ」にあったのも、その茶目っ気ぶりだったのか。

16 鏝の面

くろがねを磨きやまねば鏝《こて》の面《めん》かがやくものにわが惹かれおり

「くろがね」は、鉄の古称。鉄を磨くことを止めずにいると鏝《こて》の面が輝く、そういうかがやくものに私は惹かれている、という。無論、鉄の鏝。「かがやく」が要《かなめ》で、上にも下にもかかっている。面白い構造の歌だ。

「かがやくものにわが惹かれおり」と言っても、たぶん輝くものなら何でも良いというわけではない。鉄を磨きつづけた結果、輝きが出る、といった「かがやくもの」の美。労無くして手に入れられるものではない。磨くという行為こそがおそらく大事なのだ。

鉄の歌と言えば、こんな歌があった。

「鉄の歌」よみて香川を愛せりきいふこともなく唯愛せりき

合同歌集『群』（昭和三十三年刊）

香川進の「鉄の歌」は、歌集『湾』のなかに収められている。歌集のあとがきに香川は、「生産のすがたをみたかった」と書き、「一夜百首的にできたもの」とも書いている。その中から五首ほど挙げてみよう。

少年はものをおもふと釋迢空《しやくてうくう》うたへり一心になりて鉄を磨《みが》ける　香川　進
断面に雪ふるところ軍鶏のゐてふとき黄の脚《あし》は鱗《うろこ》をもてり
鉄板に薄霜くだれり死の前にしづかに佇《た》ちゐしわが過去ありぬ
吊られたる鉄の断面にわれの頭《づ》がそのいろくろきものとし映れる
沖しろき月夜となれり昼積みしはがねも船にかがやきをらむ

直太は、この香川の「鉄の歌」のどこに惹かれたのだろう。繰り返し「愛せりき」と言い、「いふこともなく唯」とも言う。この、手放しとも見える惚れ込み様《よう》に驚く。香川の「鉄の歌」、「鉄の歌」を詠む香川。それを唯愛《ただ》すると言う直太である。

ここに挙げた香川の五首のなかに、「断面」の歌が二首ある。「断面」「切り口」「こぐち」といったものに、香川は目を留める。断ち切られたものが見せる美に感応する。その傾向は、直太にもあるようだ。『群』以前の、「詩歌」時代の合同歌集『回帰線』（昭和二十九年刊）の直太の歌に、次のような歌がある。

櫟きる斷面に日のあはあはと翳投げをれば暫くぬくし

また、この歌の隣には、

秋さびし疎林の上に日がひとつあればぞ邃き谷てらしたり

が並んでいて、この歌などは、香川進の「杉の樹林射ぬきてこごしき冬日ざし島散らばれる湾よりきたれる」（『湾』）や、「枯木に、裸の日輪がひつかかつたまま、ぐいぐい風景が傾いてゆく」「日輪が、雪原を赤くぬりつぶし、疎林ぐういと傾いてゐる」（『太陽のある風景』）と世界を接しているように思われた。

直接出会う前から、二人には言葉や景に関して共通する好みがあったのではないだろうか。似た資質があったからこそ、互いに強く惹かれたのではないか。それは、戦争や〈生〉への向き合い方についても言えるのかもしれない。

17 蟻

芝の晴れ営営と蟻虫を運ぶ蟻の執念というはしずけし

晴れた日の芝の上を、せっせと蟻が虫を運んでいる、という上の句。歌はここで切れる。休止の後の下の句では、せっせと虫を運ぶ蟻の姿に「蟻の執念」を見ている。そして、それを「しずけし」と捉えている。

「執念」には、凝り固まったようなマイナスイメージがあるが、「しずけし」は、どことなく厳かで、対象に対する敬意のようなものが感じられる。

あらためて見ると、「蟻の執念というはしずけし」である。助詞の「は」が、くせ者だ。蟻の執念でなかったらどうなのか。人間の執念だったらどうなのか。「しずけし」とはいかないのではないだろうか。

そうしてみると、蟻の行為を「営営と」と表現しているところにも立ち止まりたくなる。しきりに往来するさまをも言うが、あくせくと働くさま、せっせと励むさまを言い、人間の行為に対して使われる。営々として稼ぐのであり、営々として家は継がれるのである。
この、営々とした行為の中にある「執念」を思うとき、直太の心に生川屋を継がせようとした人々の姿が去来しなかっただろうか。あるいは、逆に、ついに継ぐことなく、別の場所でせっせと励んだ自分自身の「執念」ということを思いはしなかっただろうか。

悪童のゆくすえもみよふかぶかと生きてあり経るを憎悪したらん
吾にあつまる憎悪も燃えよ嶺の夕陽がみつばつつじの花を照らせり

周囲の人々から憎悪の対象であったこと。子どもの頃は「悪童」と呼ばれ、大人になってからは、その生が充実していればいるほど憎悪の対象となってしまうことを痛いほど感じていたのかもしれない。船乗りだったときには、憎悪する人々から離れていられたが、陸に上がってからはそうはいかない。まともにぶつからざるを得ないときもあったことだろう。
だがそれに対して、なにほどのもの、という思いも直太にはあったようだ。

たとえば姉と吾との義絶など陌《はく》上の塵かぜに輝よう

「陌《はく》上」は、街上、路上のこと。姉との義絶など、路上の塵のようなもので、風にきらきらと光るほどだよ、と言うのである。

18　鹿

身顫いの涌ききたるほど雪のうえ原生林の奥に鹿ゆけるなり

「身顫い」は、「みぶるい」。「身顫いの涌ききたるほど」と、二句切れの後に、息を呑むような瞬間が窺える。雪の上を鹿が原生林の奥に入っていく。意図しない、僥倖のような鹿との出会い。

四句目は、十音とかなりの字余りだが、「原生林の奥に」と、「奥に」まで言うなかに、静かで堂々とした鹿の動きが見えてくる。野生の鹿が聖性を帯びた存在に見えてくる。「原生林」ということも重要な要素か。俗世とは離れたところに生きる鹿である。

おおらかに育ちしものか鳴きいつつ蟬がしずかに指つたいくる
のびやかに石間《いわ》のこえの響きくる鈴虫を聴きながくたたずむ

「おおらかに」と言い、「のびやかに」と言う。それはそれまで直太には縁遠かったものかもしれない。小さな生き物に触れ、その声に耳を傾け、いのちを実感する。伊豆の自然がもたらす豊かさに遊ぶ直太である。（「おおらかに」の歌について、聖三氏は「山の蟬なので、人慣れしていないために鳴きながら指を伝ってくると思ったのではないか」と言っていた。）

嶺のうえ天然の茸《たけ》摘みて遊ぶちさき歓びもいいがたきもの

天然の茸をとって遊ぶ、そうした小さな歓びも知る。伊豆の自然との出会い直しがなされているようだ。ささやかかもしれないが、それは心に沁み入るような出会いであったにちがいない。「いいがたきもの」というあたりに、しみじみとした実感がにじむ。離れようとするのではなく、ここに生きようとしたときに、それまでは見えなかったものまで、親しく感じられるようになってきたかとも思われる。

『前田夕暮とその周辺の歌人』（郷土文学叢書第6巻　秦野市立図書館）に三好直太論を書いた佐久間晟は、直太自身の次のような発言を紹介している。

本家を捨て無一物の結婚をしてから十年……（略）……生れてはじめて、無職、無為の全くすがすがしい新年を楽しむを得た。……（略）……若し、伊豆のまぎれもない自然のなかで、逞しく、悠々として生活できるとしたら、何を好んで都塵の洗礼をうける必要があろう。にんげんの余剰なつきあいを排し、残生ことごとく無位無官、まっ黒になって力のつづくかぎりしごとをしつづけてゆくつもりである。

（戦後中堅二十人集　短歌展望社）

夕凪に微かに水脈をたつるさま鮮かにして鵜の首ふたつ

この歌は、夕凪の水面をしずかにゆく二羽の鵜。「鵜の首ふたつ」が、存在を際立たせる。

19　雄叫び

まぼろしの雄叫びきこゆ滅ぶると知りつつ武将のちから竭《つく》しき

まぼろしの雄叫びが聞こえる、と二句で切れる。滅びると知りながら武将が力を尽くした、その声なのだ、というのが一首の内容である。

「つくす」は、今は一般的に「尽」が使われているが、直太は「尽」を使わない。「竭」を使う。『新字源』に当たってみると、「尽」は旧字では「盡」で、皿と、はけをもって清める意と音とを示す字とから成り、空っぽな皿、転じて「つきる」「つくす」意を表すとある。それに対して「竭」は、「ケツ」の音読みのみ。意味の中に、④つくす（尽）がある。なくす、あるかぎりを出す、の意。ここは、空っぽな皿では困る。やはり、あるかぎりを出すの「竭」でなければ。「竭」には、他に⑤ことごとく⑥やぶれる（敗）⑦ほろびる（滅）の意味もあり、「滅ぶると知りつつ」という歌の流れからしても、ここは「竭」だろう。直太の漢字に対するこだわりはここでも発揮されている。

たとえ滅びる（敗れる）と分かっていても、ある限りの力を出さなければならない時がある。それは、直太が戦場で直面した出来事でもあったか。壮烈な雄叫びだ。

歌では、「まぼろしの雄叫び」となっているが、あるいはその雄叫びを実際に耳にしたのかもしれない。ここで思い出したのは、香川進のことである。寝ていた香川がもの凄い叫び声を上げたのを聞いたという人がいる。

香川は、昭和十三年に三菱商事清津出張所へ転勤。七月、ハーサン湖事変の際に、現地で応召している。八月には、中隊長として会寧歩兵第七五連隊に勤務。ノモンハン事件の後方部隊としての任務にあった。二十代の終わりに大陸で部隊を率いて臨んだ戦闘は如何なるものであったのか。戦争が終わって何年も経ってからも、夜中に大きな叫び声をあげたというのは、今から思えばその戦争の後遺症だったと思われる。

この歌は、「根」一連四首の終わりに置かれている。しかも、前に一首分を空けた後に置かれているのである。そして、一首分を空けた前にあるのは、次の歌である。

肉太《ししぶと》の巨軀よしずかに粘性の表紙の文字をおもいつづくる

状況からすると、歌碑を建てるのに香川進が三好宅に泊まったときのようで、「肉太《ししぶと》の巨軀」とあるのは香川進かと思われる。香川の書いた文字が「粘性」を持っているかどうかは、人によって見解が異なるかもしれないが。

直太も、香川の叫び声を聞いたのではなかったか。

〔付記〕

「地中海」昭和四十一年十月号における『離離航海』批評特集にて、北川原平蔵がこの一首「まぼろしの雄叫びきこゆ滅ぶると知りつつ武将のちから竭《つく》しき」を挙げて、次のように書いている。

一首ぽつんと記されているので、あるいは見過す人もあろうが、私にとっては意味深い作品である。ある時、短歌の将来につき彼の意見を問うた。その返答がこれである。いやその時は、散文で短歌作者としての覚悟のほどを披瀝してくれた。それが、まさに一首の短歌としてここに結晶しているのを発見して、感慨深いものがある。彼の短歌への愛着は渾身のもの。かかる作者のある限り、短歌を作りつづける意義を感じなければならないと思っている。

（北川原平蔵「怒りの文芸」）

北川原が短歌の将来について問うた時の直太の答えがまさにこれだったと言うのである。その時は散文であったというから、直接この一首ではなかったわけだが。「滅ぶる」というのは〝短歌の滅び〟であって、短歌は滅びるものと知りながらなお力を竭《つく》そうとするところに、直太の覚悟を北川原は感じとっている。かつて武将が、滅びると知りながらも己の力を竭《つく》したと同じように。

20 魅

徹底し生きこし記憶おしこむる流砂のうねるほてりをも欲し

徹底して生きてきた記憶を押しこめる。これは、これまでの人生に区切りをつける覚悟であろうか。けれども、その一方に「流砂のうねるほてりをも欲し」がある。広大な砂漠、砂原を動き止まない砂。そのうねるほてり、押しとどめようにも止められない情動を、むしろ求めてもいる？

歌集の終わりの方に置かれた「魅」と題された一連七首、その三首目の歌である。一連七首をそのまま挙げてみる。

乙女等の夜会いずこに終りしかこえさわやかに梅雨を帯びゆく
石楠花はさながら梅雨に芽吹きくる白さすなわち柔毛《にこげ》のたしかさ
徹底し生きこし記憶おしこむる流砂のうねるほてりをも欲し
ひき緊まるうごきについに魅せらるるわれなれど女性はやや煩わし
みずみずしき乳房の張りを眩しめど誌上にあればつくづくみつむる
好色の記憶に覚えあるやなし直情にして風情なしという
モダンアートの乳房の張りに甦れりああ現前のわれにやあらざる

若い女性の魅力、もっと言えば、若い女性の肉体の魅力に引きつけられる「われ」に沿ってまとめられているようだ。だが、ふと見つけたこの歌の初出は、「地中海」昭和三十二年七月号であった。

「濡髪」と題された一連六首の中にある。

日本を発たん日近し丘の夜あらき芝生にこまかに雨ふる
髪ぬらすいきものふたり蹲れりほてりて纖き掌をかさねくる
ふとそこへ航かん日のごと待機せり海の藍色《らんしき》ふかまりゆくも
惜しみなく踏みたる夜の丘の芝はずみあるころ低く放てる
傾斜路の泥土にすべりゆける女《ひと》奪へり夜の五月某日
徹底し生きこし記憶押しこむる流砂のうねるほてりをも欲し

発表の時期からすると、ギリシャ船の船員として出港する直前の出来事のようだ。けっこう生々しい具体が描かれている。だが、この一首だけを抜き出せば、抽象的でさえある。歌集の構成をみると、前半は航海中の作品、後半は下船後の作品というまとめ方なので、航海前の作品は後半に入れるしかなかったというだけのことなのか。全く違うシチュエーションの中に入れられては、歌の内容が全く違って捉えられてしまうと思うのだが、初出の一連から抜き出しても残そうとした、また、「魅」の一連にこの一首を入れた意図は何だったのだろう。

この歌集の編集は香川進がおこなっているが、この編集について直太は納得していたのかどうか。急にそんなことも気になってきた。直太のあとがきには、「この歌集は、はじめ片山貞美が一切てがけてくださることになっていたのをくつがえしてしまった。片山よ、ゆるしてください。」とある。片山貞美が編集するはずだったのが、どのような経緯があったのか、香川進の編集に変わった。そして、そのことを直太は、あとがきにはっきり書いて詫びている。そういう心の尽くし方をする人でもあった。香川進も、この直太のあとがきをそのまま受け容れたのだろう。

それはそれとして、片山貞美が編集をしていたらどのような歌集になったのだろうか。同じ歌であっても編集の仕方によっては全く違った読まれ方をされることになる、ということを思いつつ、最後まで気になった一首である。

Ⅱ　『三好直太遺歌集』

（燈影舎　昭和50年11月3日発行）

21　雫

船底塗料刷毛より垂るる朱の雫かさなりあいて二十を越えず

天城高原ゴルフを退社後、直太は昭和四十一年に塗装業を開業。

この歌の初出は、「地中海」昭和四十三年一月号で、「ハコフグの仙人」十五首の中の一首であった。香川進との間で、この歌をめぐってはかなりのバトルがあったらしい。塗料の雫を二十よりももっと増やした方が歌として面白いと香川が言ったのに対して、直太は猛烈に反発したという。

息子の聖三氏の話では、直太は腕のたつ職人で、塗料の雫を落とすことは全くないとは言わないが、たいへん少なかったそうだ。船底を塗るというのは、たぶん富戸の漁船の船底だと思うが、船をクレーンで持ち上げてというのではなく、ただ陸揚げされている船の底を塗るため、身をかがめながら塗る。その作業は大変だったことだろう。漁船の大きさは、四〜五トン。それを塗るのに垂れた雫が「二十を越えず」だったというのは、相当な技術である。それを事実にこだわらず、もっと雫の数を増やせと言われては、「父としては職人としての沽券にかかわることで、香川の意見にはしたがえなかったのではないか」と聖三氏は言う。

雫の数がもっと多い方が歌としては面白いと言った香川。しかし、それでは腕のたつ職人であることを否定されたも同然なわけで、直太としてはどうしても譲れなかった。この技術も、船乗り時代に船体の銹を落とし、塗料を塗り替える作業をしていたときに身につけたものだった。どんなときも手抜きをせずに徹底した仕事をする人だったから、香川の意見に従うことは職人としての沽券にかかわると強く抵抗したのだった。

この後、しばらく（三、四年？）「地中海」への投稿が途絶えたのは、この歌をめぐっての香川とのやりとりが原因だったのか。『離離航海』のあとがきに、「どのようなことがあっても一生ついていきます。」と誓った先生が二人いるとして、書の先生だった出口草露（前田夕暮・透を紹介してくれ、香川進に引き合わせてもくれた）と香川進を挙げていた直太であったが。

足立三郎が、三好直太の追悼号（「地中海」昭和五十年十一月号）にこんなことを書いている。


下船后、ある日突然、「地中海」と絶縁してしまった。香川代表との間に、何か言葉の上でのゆき違いが生じたらしい。心配したわれわれのとりなしを聞きいれる君の心境ではなかったように思う。その后再び「地中海」に復帰した。それも突然であった。が、それ以来の先生への傾倒は、驚くばかりであった。君の日夜は、先生の歌碑建立に、物に憑かれたように、走り廻った。碑は巌頭にできた。怒り猛る海のしぶきに打たれながら厳然屹立する歌碑、

壮絶孤高の姿であった。（以下略）

この時のことが周囲の目にはどう映っていたか。それを知る一つの証言として興味深い。足立は、二人のつながりの不可解さを面白がっているようだが。

それにしても、香川と直太、ともに頑固で激しい。関係修復には何年もかかったようだが、その後の直太の、香川への傾倒ぶりを見ると、そこにはいったい何があったのだろう。そして、表現をめぐっては？

『三好直太遺歌集』掲載のこの歌は、初出のままである。

22　蟹とハコフグ

日あまねきはがねの錆をおとしいるわれは蟹ああもろ手を揮う

前出の歌「船底塗料刷毛より垂るる朱の雫かさなりあいて二十を越えず」の前に置かれている歌である。塗料を塗る前の作業として、船底の錆（ここでは「銹」ではなく、「錆」の表記になっている）を落としているところだろう。日に焼かれつつ、船底に身をかがめ、両手を揮って錆落としに励んでいる。日焼けと、労働のために熱くなった身体と、二本の腕を振り上げた様《さま》。それを、まさに「われは蟹」というのだ。

「われは蟹」と、まず言い、「ああ」という詠嘆を挟んで、「もろ手を揮う」と続ける下の句のリズム。直太の声が聞こえてくるようだ。やれやれ、といったところか。己《おの》が姿に半ば呆れつつも、労働の充実感がそこにはある。

この歌も初出は、「地中海」昭和四十三年一月号。「ハコフグの仙人」十五首の中の一首であった。そして、その「ハコフグの仙人」をうたっているのが、次の一首である。

はばからず大きな口あけて喰わぬゆえハコフグ仙人と妻を呼びあう

どうやら、大きな口を開けて食べない妻をからかって、「ハコフグ仙人」と呼んだらしい。小さくしか口を開けない妻に、ハコフグのおちょぼ口が思い浮かんだのだろう。

「妻を呼びあう」というのに迷わされるが、〝おれが蟹なら、おまえはハコフグ仙人だな〟ということで、「蟹」「ハコフグ」とお互いに呼び合うということかと思った。夫婦で笑い合っているのにちがいない。

「ハコフグの仙人」一連は、妻をうたった歌が多く、このような歌もある。

死ぬほどの恥に覚えのなきためぞわが妻いつも集金を嫌う
わがなげきを深むと妻のおぼえねば烏瓜の実に鎌をふるえり
白髪の鬢に妻の手触りしかばおのずからわれの目の動きやむ

塗装業を開業したものの、集金は妻に任せていたのか。妻は恥ずかしがって、集金を嫌っていたようだ。それに対して、死ぬほどの恥を知らないからだ、と夫は言うのである。それなら自分で集金してはどうなのか、と言いたくもなるが。死ぬほどの恥をいくらもしてきた直太だった、ということか。

二首目。烏瓜の実を眺めては楽しんでいた直太だったか。そんな気持ちも知らず、妻は烏瓜の実に鎌をふるう。妻にとっては、烏瓜の実は厄介なものにすぎない。絡んだ蔓といっしょに取り払って、きれいにしておきたい。夫婦の間でも価値観は異なる。時に、妻の行為は容赦なくも感じられる。

三首目。妻の手が、白髪の鬢に触れる。その時、〝あら、こんなに白髪が。あなたも年をとったのね〟とでも妻は言っただろうか。その行為に、目の動きが止まってしまった「われ」。いや、この白髪の鬢は、妻のであったか。妻が自らの鬢に手を触れる。そのしぐさの先に、目にした妻の白髪。〝妻もそんな歳になっていたのか、苦労させているなあ〟と思ったかどうかは分からないが、そう捉えると、「われの目」は妻の白髪の鬢で動きが止まっていることになる。

どの歌も、夫婦のやりとりが想像されて、実に微笑ましい。塗装業を営んで得た、暮らしの安定も感じられる。

〔付記〕

「地中海」三好直太追悼号（昭和五十年十一月号）に、小枝高夫が、「蟹の面魂」と題する追悼文を寄せており、その中に「歌人三好直太が怒るとき、蟹のような面魂があった。」という一文がある。

また、同じ号に三好たか枝の「石楠花」と題する十七首詠が載っており、その中の一首に「カラスウリへやいばあつるを悲しみし夫のまなざしありあり残る」がある。

23　文学

おびやかし現実《うつつ》のなかの身を巡るすがしさをわが文学という

一瞬の意識のなかに、つねに百、千年をも自覚できるにんげんぼくの、よってきたるところは、すべてのひとと、生きるべき条件、時と場所を異にする現実にある。実は一生に就いて、他と対比するを必要としない、ぎりぎりの吾であることを確認したい。

一首を推敲する一刻々々の累積が、やがて一生のぼくぎりぎりの一刻が、いかに真剣であるか、或は否かが、ぼくをどのようにでも、明日へ押しあげていくのである。うたを創るとき、自覚すると、しないとによらず、現実には、つぶさに、一つを生みいだし、茫々と自己の足跡をのこしているのは百の目的をあげつろうより、確かなことなのだが、もっと突きつめていけば、原稿紙に、書きこむ一字々々が、ぼくのからだの、全細胞の変化と不可分のものである事実は、見逃せない。にんげんが、どのように力んでみても、一瞬々々の意識のほかには、自己を主張する機関をもたないことは、実に、一瞬を離れて、ぼくの生涯が成立しないことを意味し、もし、もののはずみで歌をつくる、などといえば、それだけのぼくを露呈する結果となるからゆかいである。はじめから生の意義をさぐる定義などあるはずがないし、その限りにおいて自由なのであるが、ぼくのからだが耐えうるだけの時間は大切にしたいとおもう。（以下略）

「はじめに」の中にも引用しているが、「作歌をとおして生の意義を探るということ」の特集（「地中海」昭和三十一年五月号）に、三好直太が寄せた文章である。この特集には、香川進はじめ山本友一・千勝重次・小関茂・東籬男（塚崎進）・石本隆一・小野茂樹・桃原邑子らも寄稿している。

この時、直太は三十二歳。ギリシャ船の船員になって船出していく前年である。直太の、作歌に立ち向かう姿勢というか、覚悟が、実に率直に語られていて、何度読んでもわたしは圧倒されてしまう。

さて、掲出の一首についてだが、「おびやかし」は一首の中でどう働いているのか。やや分かりにくい。直太にとって「文学」とは、すがしさを感じさせるものであると同時に、身を脅かすものでもあったということか。身を脅かすほどのものであればこそ、やりがいもあり、「すがしさ」を実感できるものでもあった？

「現実《うつつ》のなかの身を巡るすがしさ」という表現。「身を巡るすがしさ」で充分だろうに、「現実《うつつ》のなかの身」とわざわざ言っているのは何故か。「現実《うつつ》」の中に置いている身、その身を巡って「わが文学」は存在するということか。つまり、今ここに生きていることが文学に直結する。

世俗のかがやき遠くしずかにして樹下びょうびょうと立つ詩韻あり

この歌からは、世俗のかがやきから遠く離れたところに静かに身を置き、詩韻（文学）に心遊ばせる姿が窺える。「樹下びょうびょうと立つ詩韻あり」の漢文調。格調が高い。「びょうびょう」は、「渺渺」。広くて果てしのないさま。樹下に立ち、果てしなく広がる詩の韻《ひびき》に耳を傾ける。そこでは己の存在は消えてなくなってしまうのかもしれない。そしてそれは、直太の理想とする姿だったかもしれない。『離離航海』の中の一首、「塞上の胡人辺風に佇つ」の姿が、ここにまた浮かんでもくる。

かかずらい宵過ぎよわにひき続くうた詠む意志は愚直なるべき
蒲団のうえ坐して推敲なしおるに春蚊がひとつ迷いいでたり
あかつきによみ捨てきたるわが歌のおもい深くして無援のこころ
はかりえざるわが残生に目を据えてただ愚かなるうたを詠まんとす

直太の作歌の現場を見るような歌だ。直太にとって「文学」とは、もはや「うた」のことであった。

宵から夜半にと続く「うた」を詠む意志。寝ずに続ける推敲。暁にまで及ぶ「歌のおもい」。これはもう〝歌の鬼〟だ。その鬼は、みずからの愚かさを重々承知している。それでも、「うた」を詠むのである。愚直に、愚かなるうたを。誰に評価してもらおうというのでもなく、ただただ「愚直なるべき」は、自らが選んだ作歌姿勢であった。

佐久間晟が、直太の作歌ノートを見た時のことを次のように書いている。

B5版ほどの白紙のノートであったが、そこには、小さい文字がぎっしりと書き込まれていて、どこがどうつづくのかもわからないものであった。そしてこの一頁が歌一首だと彼はいう。素稿から仕上りまでのあいだに、ノートいっぱいになるだけ推敲するのであろう。そこには、一字・一語もおろそかにしない、極度の緊迫と充実を追いつづけているのである。不必要な要素は極限までけずり取った後にのこる核といったものは、三十一文字も必要としないし、調べというものも意に介しない発生的なものとなってしまう。三好の歌に、断層のような飛躍が認められるのもそのせいではなかろうか。奔放そうに見えるなかにも、自虐ににた徹底した制作の態度は、三好の信念ともいえるものかも知れない。

『前田夕暮とその周辺の歌人』（郷土文学叢書第6巻）所収「三好直太」

24　哲学

妻よ子よ哲学にふかく潜みゆきしわが稚き日のことは知らずも

初出は、「地中海」昭和三十九年七月号で、「おびやかし現実のなかの身を巡るすがしさをわが文学といふ」（初出では、旧仮名遣い）の前に置かれている。ただし、初出では、

妻も子も哲学にふかく熱中したるわが稚き日の苦しみを知らず

となっている。文脈としては、こちらの方が一貫していて分かりやすい。「熱中したる」を「潜みゆきし」に、「苦しみを知らず」を「ことは知らずも」にという推敲の跡。感情表現を抑えて、客観性を持たせようとしたものか。しかし、それ以上に、「妻も子も」を「妻よ子よ」と呼びかけにしたことが気になった。

〝妻よ子よ、（おまえたちは）哲学にふかく潜り込んでいったわたしの稚い日のことは知らないんだよ〟。結句の「も」は終助詞で、詠嘆を表す。ということは、哲学に深入りせずにはいられなかった稚い日の自分を妻子が知らずにいることを嘆いているのだろう。「妻よ子よ」と呼びかけにしたのは、そういう稚い日が自分にあったことを知ってほしいという思いがそこにあるのか。稚くして哲学に求めようとしたもの、そうせずにはいられなかった苦しみ。推敲で削られた「苦しみ」だが、「わが稚き日のこと」とは苦しみにつながることであったろうし、あるいはもっと、単純に「苦しみ」などという言葉では置き換えられないようなものだったかもしれない。

年譜からあらためて生い立ちをたどってみると、二歳で母と死別、父の生家生川屋旅館に引き取られる。四歳で父が再婚、一家は松崎に転居。六歳で松崎より富戸に帰り、小学校に入学。

父が製材業をはじめ、再び生川屋旅館にあずけられる。十二歳で父と死別。小学校高等科二年を卒業した十四歳のときには、植林中に受けた腰の打撲傷のため、約一年間療養生活を送る。十五歳で日本郵船に入社、浅間丸に乗船。

物心もつかないうちに母を亡くし、あっちへやられ、こっちへやられ、その挙句に父まで早く亡くし……。安心していられる場所など、どこにもなかったのではないだろうか。そうした稚き直太が求めていった先に、哲学があったということ。早熟すぎる感じはするが、早くから子どものままではいられない者もいる。不安定な環境のなかではいっそう確かなものを求めずにはいられない。言わば、自分が生きるための必然としての哲学。そして、それを求める激しさは、ほかの人の目には〈悪童〉と映っていたのかもしれない。

昭和九年、十一歳の頃に既に、「白楽天の長恨歌を暗記するなど漢詩への興味をもち、生川屋に滞在中の戸野原史朗（政治評論家）に啓発され、唐詩選をはじめ多くの文学書に親しむ」と年譜にある。その後、昭和十七年（十九歳）の年譜には、「この頃から仏教雑誌大法輪のほか正法眼蔵を通して道元禅師の思想に傾倒」とある。戦後、復員してからは、生川屋で家業に従事しながら地元の教師や青年達と「さざなみ会」を結成し、雑誌の発行や討論会をしたようだ。昭和二十三年（二十五歳）に生川屋を出た直後、僧門に入ることを決意して鶴見の総持寺を訪ねるも入門を断られている。たかゑとの結婚は、その翌年のことであった。

25　汝れ

警官ともみあう抗議集団の闘う顔に汝れを物色す

「汝れ」とは、長男聖三。東京の大学（文学部）に進学していた。時代は、七〇年安保の時代である。学生運動を伝えるテレビのニュースを食い入るように見つめている直太がいる。「物色す」は、映し出された大勢の中から「汝れ」を探し出そうとしているのである。

この歌の初出は、「地中海」昭和四十六年十二月号。昭和四十三年一月号以降、直太の歌の掲載は途絶えていたが、歌の掲載が再開された号でもある。

年譜を見ると、前年の昭和四十五年は「富戸公民館にて地中海全国大会開催　城ヶ崎海岸の二ヶ所に自然石に自刻の香川進の歌碑を建立」とある。「地中海」誌に歌の発表はまだなかったが、この頃には香川進との関係は修復されていたようだ。（この年の五月には小野茂樹が事故死し、香川進は大きな衝撃の中にあった。）昭和四十六年の年譜には、「塗装業廃業　富戸婦人会短歌グループで作歌指導」とある。また、同年六月号の「クリマ」には、「本社に五年ごしの約束のりょうぶ、はりの木などを持参して、二時間ほど昼寝しました。」とも書いている。

香川と直太との間にどのようなことがあったのかは分からないが、直太のこころは、一途に香川進に、「地中海」に向いているようだ。

そして、ついに「地中海」に直太の歌が復活。

息子のことを「汝れ」とうたったのは初めてだったのではないか。『広辞苑』には「汝」は、「同等以下の相手を指す語。なんじ。おまえ。」とあるが、直太の「汝れ」には、むしろ、今まで子どもだと思っていた者が、自分と対等の者として立っている驚きと親しさが籠められているように思われる。

他に「汝れ」と詠んでいる歌を挙げてみる。

いそがざる風姿に冬陽あふれしめ紛れざり汝れは東京の顔
催涙弾をちかく蒙りし眼のいたみみじかく語り汝れはしずけし
わが嫌う長髪の汝れ朝餉にしてこの静かなる大きいあぐらい

しばらく見ないうちにすっかり「東京の顔」になっている息子。学生運動のことも「催涙弾をちかく蒙りし眼のいたみ」として短くしか語らない息子。長髪であぐらを組み、朝餉に向かう息子。「いそがざる風姿に冬陽あふれしめ」「しずけし」「この静かなる大きいあぐらい」と描写される息子は、直太にとっては急に大きな存在として立ち現れたのではなかったか。

26　戦いの遠い音

鼓動いくつ滞る胸のひだりより噴ききたる戦いのとおいおと

前に挙げた「警官ともみあう抗議集団の闘う顔に汝れを物色す」に並んでいる歌である。戦後四半世紀を経て、噴き上げてきた「戦いのとおいおと」。それは、どこから引き起こされたものであったか。

帰省せる学生汝れの語ること一つのみにして戦後むねに噴く
（「地中海」昭和四十七年一月号）

口重く戦いの罪をあばかんとき汝は父ならずとも迫るなるべし
（「地中海」昭和四十七年二月号）

ふみかえがたき戦歴の父の項のうえ汝は揮いなん悔しみの鞭
（「地中海」昭和四十七年三月号）

遺歌集には収められていないが、「地中海」昭和四十七年の一月号から三月号にはこのような歌がある。父の戦歴を、戦いの罪をあばこうとする「汝れ」の存在がそこにはあった。直太は、「汝れ」に応えるべく、「戦いのとおいおと」に聴き入る。

沈黙のなかいちめんに野火燃えて広西のよる兵を解かずも
ふしぎなるゆとり涌きつも武装解き丸腰となりてあゆみいでし時
いんいんとして渓谷の雨にうち靡く砲煙のなか人は死にたり
しずかに回帰しきたり胸塞ぐ広西のふゆ老婆をあやめぬ

前二首の初出は、「地中海」昭和四十七年一月号。後の二首の初出は、「地中海」昭和四十七年三月号。「ふしぎなるゆとり涌きつも」は、初出では「ふしぎなるゆとり涌きにき」。「しずかに回帰しきたり胸塞ぐ広西のふゆ老婆をあやめぬ」は、初出では「しずかに回帰しきたり深く胸塞ぐ広西のふゆ老母殺せり」である。

「広西」は「かんしい」。広東《かんとん》・広西と並んで、中国大陸の南の端に位置し、その先には海峡を挟んで海南島がある。昭和十八年に入隊後、中支・北支・南支と転戦した直太は、広東省海豊県青草鎮で終戦を迎えている。自らの戦歴のなかで、広西の冬は最も苛酷なものであったか。『離離航海』の中にも戦争の歌はあったが、成人した息子に真っ向から自らの戦歴を問われた時、胸の鼓動が止まるかの衝撃を受け、遠くなったはずの戦争の音が再び噴き上がってきたのに違いない。父と子との真剣勝負がそこにはあったように思う。

相手が父親でなくても戦いの罪をあばこうと迫るにちがいない息子。「ふみかえがたき戦歴の父」を鞭打つとき、息子が感じている悔しさ。その悔しさは、父の戦歴を息子が自分自身につなぎ、引き受けようということだろう。そうしたことを全て了解したからこそ、鞭打たれるために項《うなじ》を差し出しもした。懸命に息子の問いに答えようとしたのではなかったか。

いんいんとして渓谷の雨にうち靡く砲煙のなか人は死にたり

「いんいん」は、「殷殷」か、「陰陰」か、「隠隠」か。おそらくは、そのいずれも、なのだろう。ひらがな表記の意味を考える。「いんいんとして／渓谷の雨に／うち靡く／砲煙のなか／人は死にたり」と、初句・二句と字余りではじまり、「人は死にたり」と静かに詠い収められたこの歌。深い悲しみが、凛とした響きの中に籠められている。字余りではじまりながら、弛んだところがなく静かだ。

しずかに回帰しきたり胸塞ぐ広西のふゆ老婆をあやめぬ

一方、こちらの歌は、「しずかに／回帰しきたり／胸塞ぐ／広西のふゆ／老婆をあやめぬ」と、字足らずではじまり、「回帰しきたり」と二句目で切れる。再び思いは戦時へと帰っていった、と言うのである。そして、そこでありありと蘇ってきたのは、「胸塞ぐ広西のふゆ老婆をあやめぬ」であった。敵兵ではない、老婆をさえも殺したと告白している。初出では「老母殺せり」であったことを思うと、「老婆をあやめぬ」では、生々しさがいくぶん抑えられている。助詞を入れて、字余りにしているところ。「あやめぬ」と、文語の「あやむ」＋助動詞「ぬ」にしたところ。「殺せり」の、容赦なく斬りつける響きだったものが、行為としては同じであっても身に近く相手の姿が見えているような響きになっている。そこにまた、作者の内省の跡が窺える。

27 銀《しろがね》

厨房の声しろがねに紛るなく妻の言葉の不利になりゆく

「しろがね」とは、直太の次男銀《しろがね》である。名付け親は、香川進だという。鉄を、鋼《はがね》を愛した香川にして、この名付けである。

台所から聞こえてくる声は、紛れもなく「しろがね」の声で、どうやら妻とやり合っているらしい。そのやり合う言葉を聞いていると、妻がだんだんと不利になってゆくのが明らかだ。息子の言うことに母親は太刀打ちできなくなっているようだ。そんな様子の分かる息子と妻の声を、直太は聞き止めている。

この歌の初出は、「地中海」昭和四十七年六月号。「子の周辺」と題して、二十九首が掲載され、そのうちの十七首が『三好直太遺歌集』に収められている。「汝れ」の歌もある中に、この一首ははっきり「しろがね」と分かる。「汝れ」よりも五歳年下の「しろがね」も思春期を迎えていた。

ふいに短き子の叫びして室へだつよるの鴨居に肉打つ響す

この歌は「子」とあって、兄弟のどちらかは判然としないが、聖三に対しては「汝れ」と呼びかけている時期の歌であることからすると、「しろがね」なのかもしれない。満たされぬ思いを鴨居にぶつけるようなこともあったのかと想像してしまったのは、「肉打つ」という表現からだが、単に背が高くて鴨居に頭をぶつけたということだったか。

一方、聖三をうたったと思われる歌には、次のようなものがある。

長き髪もちて骨格ふときかな朝焼くる土に新聞を見る
おおきなる趺坐をくみて島山の嶺の淡雪みつつしいたり
もの問えば忽ち妥協せぬまなこをして短くふとき応答をせり

28　病

麻酔の覚めしわれに近づく児等のあとやや平安なる妻の顔のみゆ

昭和四十七年、胃潰瘍の手術。この歌は、手術後、麻酔が覚めた「われ」に近づく家族をうたっている。具体的には、「児等」と「妻」。子どもたちは「児等」と、ここでは幼い頃のままのように捉えられている。妻は、子どもたちの後から少しほっとしたような「顔」として登場する。

「7／7／5／8／8」と、全体に字余り気味。ゆったりとうたわれ、直太自身の思いもそこに表れているようだ。

病状を電話にたずぬる子なるらし妻のこえおのず華やぐものを

ときありて妻の鋭し病むわれをたしなめて顔さばさばとせど
くるしみを蔵せどたちい振舞いのけだし肉感的なる妻をこそみし

これらの歌の初出は、「地中海」昭和四十七年八月号。

少し前の三月号には「嘆かいて黄櫨の男とののしれり妻に近年屈指のひと日」「こころから妻笑うにやわが髭に白髪まじると妻が笑えり」が、四月号には「堪忍の堰切れたる妻の声ひびけり『因果悪爺』ああ我れのこと」が載っていた。三首とも『三好直太遺歌集』に収められているが、四月号の歌は次のように推敲されている。

堪忍の堰が切れたる妻の声「因果悪爺めよ」ああわれのこと

妻には我慢に我慢を重ねることが続いていたのか、堪忍袋の緒が切れて、夫に向かって怒りが爆発することもあったようだ。それをまた面白おかしく直太はうたってみせている。それにしても「黄櫨の男」とは、どんな意味なのだろう。「黄櫨」は「はぜ」、ウルシ科の落葉高木である。樹液に触れてかぶれたりする。となれば、「かぶれる男」「感化されやすい男」とでもいうのだろうか。何をするにも自分の身体のことなど考えもしないで熱中してしまう夫を、妻は常に心配していたにちがいない。直太はと言えば、「黄櫨の男」とはうまいこと言うなあ、「妻に近年屈指のひと日」とくるわけで、妻の怒りはますます収まらなかったことだろう。

妻の心配が的中したかのように、胃潰瘍になった直太。自分に向けられる妻の一喜一憂をつぶさに見ている。子を相手に話すときの声の華やぎ。病む夫をたしなめた後、サバサバしたかに見えても、しばらくするとまた鋭い声を発する妻。そして、内側に苦しみを抱えながらも、立ち居振舞には「肉感的なる」魅力を感じさせる妻。病む夫の目は、どうしようもなく妻に引き寄せられる。直太、四十九歳。歌では妻への思いを隠さない。

29 夢

わが嬰児に乙女の乳房ねぶらせおる衝迫のまま茫々とおり

この歌から始まる「夢」一連七首。

わが嬰児に乙女の乳房ねぶらせおる衝迫のまま茫々とおり
磯の闇汝が肩いだきおぼおえずやわらかくおおきなる乳房摑みき
熟れはてし世に離りきて炎えいそぐもろ手のなかの顔に唇づく

目に見えぬ汝が黒髪のうちなびき小石の鳴れる夜の潮きく
海寒くよりそえば闇かがやきついい難くして汝が胸まさぐれり
おそれつつ忍び逢えればきわまるとかのくちづけのながかりしかな
闇のいずこゆおびける声を叱咤して夢覚めきわがふぐりわし摑み

「肉感的なる妻」を意識した続きのようでもあるが、直太にしては珍しく奔放な歌である。乳房、磯の闇、黒髪、夜の潮、忍び逢い、くちづけ。「わが嬰児」から始まりながら、若い女性の肉体にわれを忘れるかのようだ。かつて身体の中に滾っていた力、生きるエネルギー。それを取り戻したい思いが見させた夢であったか。夢ならば、どんな奔放な歌を詠うことも可能にする。

三首目の「熟れはてし世に離りきて炎えいそぐ」からも、五首目の「海寒くよりそえば闇かがやきついい難くして」からも、なにか切羽詰まったものが感じられる。温かい肉体をもった「いのち」に触れることで、自らの内に生きるエネルギーを充填させるかのような。まだまだ自分の内側に燃えるものがあることを確認するかのような。輝かしい「生」の側にいる、黒髪ながき磯の女に求めようとしたもの――。

一連は、夢から覚めたところで終わる。「わがふぐりわし摑み」するところである。これらの歌の初出は、「地中海」昭和四十七年九月号。

磯と黒髪の女は、その後も何度か繰り返しうたわれている。「直太には船霊様がいた」と言われ、その船霊様は女の神様だったというが――。あるいは、夢にかこつけて、若き日の自分と妻のことを詠ったものかもしれない。

磯闇になびく黒髪みえねども汝れを抱けば潮のしたたる　（「地中海」昭和四十八年五月号）
黒髪の汝が体臭の淡きこと語るとしもなくくちびるあわす　（「地中海」昭和四十八年十月号）
巌稜によぎらん魄を喚ぶごとく黒髪ながき女を想えり　（「地中海」昭和四十八年十一月号）

30　蜘蛛

秋まひる黙臥すときを迫りきて蜘蛛ゆるやかに旋回したり

秋まひる。病気で臥していてもいなければ、外に出て汗を流して働いている時間だろう。けれども、今は黙って寝ているしかない。そんなときに迫ってきた蜘蛛。無聊を慰めてくれようというのだろうか。ゆるやかに旋回したという。
淡々とした、実に静かな歌だ。

この歌の前に、もう一首蜘蛛の歌がある。

白き蜘蛛あかつきの灯に動かねば微かにあおく透きとおりおり

こちらは、暁。動かないのは、そのせいなのか。この歌の着眼点は、蜘蛛の色で、「白い蜘蛛」が灯りの中で「微かにあおく透きとお」っているという。この蜘蛛、生きているのか、死んでいるのか、分からない。でも、微かにあおく透きとおっているというのなら、生きているのかもしれない。弱々しくはあるが、「微かにあおく透きとおり」には、いのちの気配がある。

灯りの中に動かなかったので、よく観察できたのかもしれないが、「動かねば」には引っかかりを感じた。〝動かないので、透きとおっていた〟というのは、なんだろう。動いたら透きとおらないのか。動いたら、あかつきの灯の中に止まることもなく、光を通すこともない。よって、灯の中に動かなかったからこそ、「微かにあおく透きとおりおり」という状態を見ることができた、ということか。

暁の蜘蛛では動かぬ様を、真昼の蜘蛛では動いている様を歌にし、どちらのときも、「わたし」が臥している状態は変わらない。

31　宮城だいら

雲おそき宮城だいらの秋日かげ背に充てり酒仙振りむかずゆく

「病前病後」一連十一首の最初におかれている歌。

この歌は、香川進の「おどろきのこゑをあぐればゆつたりと宮城平《みやぎだひら》をゆく雲のかげ」（『湾』を踏まえている。蔵王に登る途中、割山峠から蔵王山麓の円田盆地を見下ろしたときの景を詠んだ歌で、そこに歌碑が建てられた。その歌碑が建てられたときの様子を、三好直太の思い出とともに鹿島茂が次のように書いている。

昭和四十六年五月、香川先生の五つ目の歌碑が宮城県蔵王町小村崎字山崎に建立された、蔵王連山がくっきりと雪の山肌を拡げる山麓に歌碑は除幕された。幼ない女の子がめくった白布の下から、ねずみ色三トンの自然石の歌碑は、五月の青葉と百余の人の眼の中に生誕した。その碑の上に、まさに五月の陽を浴びて燦然と金の色に輝く夏柑の一枝が捧げられているのである。北ぐにの白い山脈の麓の金色の夏柑の鮮烈な印象は、香川進歌碑建立と共に、私にとっては忘れ難い強烈な感動であった。それは三好直太の所作であった。

（「地中海」昭和五十年十一月号　三好直太追悼号）

昭和四十八年八月には、第二十回地中海全国大会が蔵王で開催され、直太は車に妻子を乗せて参加。この時には、前年の胃潰瘍手術から回復し、元気な姿を見せていたようだ。「地中海」昭和四十八年十月号には、「宮城平の雲」と題した全国大会の記録が載っている。書いているのは、塔原武夫。総会後、第二十回ということで玉城徹の「短歌の様式について」と扇畑忠雄の「茂吉をめぐって」の記念講演がおこなわれている。夜は懇親会。翌日は早朝からの歌会後、バス三台を連ねて、香川進の歌碑に立ち寄り、蔵王を越えて斎藤茂吉記念館へ。歌碑の前では、僧侶にして歌人の八乙女由朗が歌の朗詠をしたという。宮城平に八乙女の朗々とした声が響きわたったことだろう。

さて、直太の歌。

雲おそき宮城だいらの秋日かげ背に充てり酒仙振りむかずゆく

香川の「ゆったりと宮城平をゆく雲のかげ」を「雲おそき宮城だいらの」と受けつつ、「雲のかげ」だったものを「秋日かげ」と転じている。「雲の影」から「秋日光《かげ》」へ。同じ「かげ」でも、裏表をあらわす。そして、つづく下の句は、「背に充てり酒仙／振りむかずゆく」。四句目は、途中で「背に充てり」と切れ、「酒仙」と主語が立てられる。ここから結句への流れ、大人の風格というか、悠揚たる漢詩の響きがある。

秋の日射しをたっぷりと背中に充たし、酒仙はゆらりと振り向くことなくゆくのである。この酒仙には香川進の姿が重なる。気持ちよく酔った後ろ姿をほうと見ているのは、もちろん直太である。

香川進の背中をうたったと思われる歌には、こういう歌もある。

師のそびら眼曇りてあおぎしをやすらけく巨きふぐり垂りたり

32 犬

破れたる障子より犬の首いだしほっかりとまた抜き去りゆきぬ

「犬の」の「の」は、主格の「の」。破れた障子から犬が首を出して、そのままほっかりとまた首を抜き去っていった、というのだ。障子の破れたところからほっかりあらわれ、すぐにまたほっかり消えた犬の首。犬を主語にして、「首いだし」は普通だが、「(首を)抜き去り」というのはどうだろう。この犬、なかなかの剽《ひょう》げ者とみた。なんということはない歌だが、作者の無聊はずいぶんと慰められたのではないだろうか。

直太の歌に犬は、はじめは子どもたちの遊び相手として登場する。『離離航海』には「こども等は日曜ひと日犬小屋をつくり過ごせばうたも聞ゆる」という歌がある。『三好直太遺歌集』でも、子との親密な関係が詠われている。

星ひとよ風雨ひと夜のゆく夏の児は犬小屋にいてとどまれり
優しさのこぼれゆくさま直截に児は犬の鼻に鼻押しあつる
弟が兄と戯る庭のこえ犬の首輪をいまつくりいん
一つ蒲団にわが子と犬と眠りおりようやく冬も終わるなるべし

一首目、「星ひとよ風雨ひと夜のゆく夏の」という上の句のリズム。リフレインと、助詞「の」の繰り返しが心地よい。二首目は、犬の鼻に自分の鼻を押し当てる子の姿が愛情深く詠われている。「優しさのこぼれゆくさま」という把握にも、作者自身の優しさがこぼれる。

冬の蒲団にわれと眠りてほおけしか仔犬がひとつ寝言をいうも
こたつに潜りしいぬがふくらはぎ舐《ねぶ》ると妻の悲鳴きこゆる

犬通う雪見障子のやぶれより風寒きこと妻を嘆かす
ふろ浴びて寝ごこちのよき犬ならんその体毛の艶くろぐろし

これらの歌を見ると、いつの頃からか、犬は直太とも一緒に寝るようになっている。寝言をいう犬、炬燵の中に潜り込んで、妻のふくらはぎを舐める犬。雪見障子を破る犬。風呂を浴びる犬。すっかり家族の一員のようだ。

犬の意志をかたむけつくす丘空に鳥飛べば追いとまれば狙う
おもい満たぬはなにごとのせいぞ家犬の畳のへりを飽かずくらいおる
土のうえに鳩を窺う犬の尻ふたつならべば肛門をみす

この一首目では、「犬の意志をかたむけつくす」と、丘で鳥を追いかけては狙う犬の姿をとらえている。二首目は、「おもい満たぬはなにごとのせいぞ」と、畳のへりを飽くことなく嚙んでいる犬を思いやっている。犬に向ける、フラットな愛のまなざし。三首目の、犬が尻をふたつ並べて肛門を見せるという歌も、おかしみと優しさに溢れていて、ニヤニヤしてしまう。思わず「いいなあ〜」と言いたくもなる。
最後に、犬が首を出す歌をもう一首。

炬燵にくぐまりてしぐれを聴きおるにわが左腋犬の首いだす

33　鬼

もの書けば焦点雲を帯ぶるごときわが視力いのちなに嘆くべき

ものを書こうとすると、焦点がぼやけてしまう。そんなふうに視力は衰え、同様にいのちも衰えているわが身。何を嘆くことがあろうか、いや、嘆くことなどない。「なに嘆くべき」の反語表現が、おのれを奮い立たせているようである。「鬼」一連五首の中の最初の歌である。
次に、見舞いに来たらしき師の歌がある。

ひさびさに訪《おとな》いて坐のゆるぎなき師の叱言聴く土壁のごとく

香川の叱言は、病気の直太に向けられている。「坐のゆるぎなき」からは、直太を前にした香川の真剣さが伝わる。師の言葉に耳を傾ける直太は、ただただ黙っている。「土壁のごとく」

である。師の言葉に応えたくても、それが容易ではないことを噛みしめていたのでもあったか。一連五首の中に「鬼」を直接うたったものはない。叱る香川こそが「鬼」ということか。香川は、病気の直太に向かって何を言ったのだろう。

さらに、その次の歌。

畳穢し妻の気配に敏くいる犬の神妙の態をみよとぞ

畳を汚した犬。叱られるのを察知して神妙にしている。その態度を見よ。そう言っているのは誰なのか。この犬のように神妙に、妻の言うことをもっとよく聞いて病気を治さなければいけないと直太は諭されたのでもあったか。とするなら、言ったのは、師。香川ということになる。なんとまあ、犬を引き合いに出されるとは、である。

香川の来訪は、直太の見舞いとともに、妻のたか枝を気遣ってのことだったのかもしれない。厳しい叱言になったのもそのせいであったか。

雪降しのショベルに飛ばす雪げむりあくなく看終え伊豆の日浴ぶる

北風の波頭を薙ぎてはしるごと日は高澄めど雲を貫き射つ

「鬼」一連の残りの二首である。一首は、雪降ろしのショベルが飛ばす雪煙をじっと眺めた後、日を浴びているという歌。もう一首は、日は高く澄んでいるけれど、雲を貫き射るという歌。「高澄めど」と逆接になっているのは、どういうことなのだろう。確かにごもっともなのだけれど、その日（言葉）は雲（わたし）を矢のように貫いた、と衝撃の大きさを詠んでいるとも読める。「北風の波頭を薙ぎてはしるごと」は「日は高澄めど」にではなく、「雲を貫き射つ」に掛かる比喩なのだろう。厳しく鋭い鬼の一撃を指しているようだ。

34　生き凌ぐ

妻よ生き凌ぐほかなにおもわめや胃痛に噴ける額の汗拭かず

「妻よ」と呼びかけた後、次の言葉を発するまでの間《ま》。「妻よ生き／凌ぐほかなに／おもわめや／胃痛に噴ける／額の汗拭かず」と句切れば、ほぼ定型に収まっている歌である。だが、無理に定型に収めることはせず、「妻よ／生き凌ぐほか／なにおもわめや／胃痛に噴ける／額の汗拭かず」と読みたい。「妻よ」と呼びかけた後は、静かに息を吐くように「生き凌ぐほかなにおもわめや」と。どんなに辛くとも生きて凌ぐほかない、それは自らの内に確認するような言葉だったことだろう。

このとき妻は、病に苦しむ直太の最大の理解者として受け容れられているようでもある。

沈黙の汝とあり経ればふたり児とへだたりて濃きその眉翳り
つくづくと立ちて見ていぬ妻なれの寝すがたは病むわれよりも痩す
たしなめて風邪の薬をのませたる妻は眠れりわれも二錠のむ

子育てを終えた妻の寂しさ。夫の病を気遣って病人よりも痩せてしまった妻の姿にはっとしたり、風邪気味の妻をいたわったりと、直太の妻を見る目はずいぶんとやさしくなっている。病気による痛みは激しく、痛みを和らげようと湯ぶねに浸かりなどして、眠れぬ夜が続いていたようではあるが。

幾度か痛み遣らうと浸りいる湯ぶねの窓の白みそめたり
骨ばかりなる腰をゆぶねに沈めいて痛み耐うれば生ける証あり
ねむられぬ夜をよるとして凌ぐべくただひたぶるに秒針みつむ

35　ひかり

見過ごしきたる景のひとつぞ万両の幹をはいゆく夕日のひかり

この歌は、前に挙げた「ねむられぬ夜をよるとして凌ぐべくただひたぶるに秒針みつむ」の次に置かれている。激しい痛みの治まった小康状態のときに目にした景であったか。初めて見たもののように、万両の幹をはってゆく夕日のひかりを見ている。

万両は、庭木の下に生えているのだろう。幹と言ったところで、木の丈は五、六十センチくらいか。そこへ夕日がさして、少しずつ光が幹を這ってゆく。こんな景は、低い位置からしか見られない。おそらく直太は病床から眺めているのだ。万両の細い幹を這う、微妙なひかりの移動。

忙しく懸命に働いていたときには気づきもしなかった景。このように見過ごしてきた景は、ほかにもたくさんあったのだろう。そう思ったときにいっそう、このささやかな景が愛おしく思えたかもしれない。

「見過ごしきたる景のひとつぞ」と、初句字余りではじまり、二句目「ぞ」と間を置いたところに、深く納得しているような響きがある。

昭和四十九年十二月十一日午前九時、胃癌のため自宅にて死去。五十一歳であった。ほぼ一年後の「地中海」昭和五十年十一月号は、三好直太追悼号。遺歌集は、山村金三郎と佐久間晟との共編により、同じく昭和五十年十一月刊。十一月十六日には、直太の地元・伊東市富戸において歌碑の除幕式が行われた。

初西風の吹きつのる空に舞う木の葉とめどなきかな海むきて飛ぶ

歌碑に刻まれた歌である。「遺歌集のゲラ刷りを一週間ながめつづけた香川進は、この一首を彼の歌業のしめくくりとした。」と歌碑にかかわった山村は追悼号に記録している。「初西風」は、「はつにし」と読む。冬の始まりを知らせる風が吹きつのる空に舞う木の葉。それはとめどなく、空に舞いつつ海に向いて飛ぶ。まさに三好直太を彷彿とさせる。そして、歌碑の除幕式の季節とも重なる。山村は、「大きい、はげしい、彼のいきざまが、冬にむかう伊豆の海のあらあらしい息づきに対いあう日、地元の人々、地中海の人々に囲まれながら、最愛の妻や子の手によって除幕される日」とも書いている。

「初西風の／吹きつのる空に／舞う木の葉／とめどなきかな／海むきて飛ぶ」という歌のリズム。三句目で少し間があり、四句目で詠嘆。さらに、結句で鮮やかに転じてゆく。歌の内容のみならず、この歌のリズムも、香川をして碑に刻むなら「この一首」と思わせたのだろう。

歌碑の石は、ふるさとの人々の手によって海から引き上げられたものだという。碑の表は香川進（歌の師）、裏は出口草露（書の師）の筆になる。

香川進は『三好直太遺歌集』の「後記」に、「直太は『地中海』の創刊同人であり、前田夕暮の『詩歌』から、地中海に参加してきたわずかな人のなかのひとりであった。」「直太は死ぬまで、釈迢空について語ることはなかったが、迢空終生の仕事であった『鎮魂』のことについては、ふかく、こころをひそめていたとおもう。」と書いている。そして、「生前の著書『離離航海』の躍動の世界から、死にちかづくにしたがい、静かな、ひそかなかなしみにはいっていったということは、否めないのではないかとおもう。」と結んでいる。

【資料】

涯《はたて》に生く

三好直太

一九二三・六　伊東市に生る。現役兵、漁協主事を経て、一九五一・五ギリシャ船乗組員となり現在に至る。出口草露が作家意欲へ点火し、香川進、前田透が爆発せしめた。合同歌集回帰線がある。

明日がある限り真直ぐ生き得ることを信じる。短歌といい、政治という、僕の内面から徹底的にゆさぶり覚されることがあるとすれば、多いほどよいに違いない。その振幅の度合が深ければ深いほど、生きる意味ふかさが強烈になるのであろう。自己にぶつかるさまざまなできごとを回避するなく生きるのには勇気がいる。それは人間であることに赤裸であるには勇気が要るごとくである。

一九五七・一二・二一　　ロンドン見学の日

呼ばむ子の名のしろがねの如くにぞ我より明るき笑ひはなてる

虫の如き死《しに》も悔いねばわがからだ子等があそばむ場ともなりたり

汝がこぶしすつぽり父の口中に入れたる甘し唯々あまし

嗅覚に樹脂が匂ひて一本《もと》の冬野の松を風が揉みゐる

土のうへに老いし木樵《そま》ゐる逡巡ひなく山に生ききしいのちの重さ

粗朶拾ひゐむ声のして朝山の淡雪踏みしあとつづきたり

断面の火山灰土が淡き日の霜解けくづるひねもすの音

野の梅の花粉を羽に搏ちしかど小鳥はこゑを放つことなき

はからざる我が困惑を奥処にしたちたる土にあまねき冬の日
板のあひ吹きあぐる風が紙一まい冬日の椽をはしらす音す
爆心地の土の底よりひびきゐて上澄のみづここに動けり
沛然たる雨なかの石ひらたくて蝸牛が角をだしがたくゐる
檻のなかの懶惰なる狒々をかなしめどその一日にあひしに過ぎず
霧のうしろへ沈まむ月が　碑《いしぶみ》　のごとくに額を光らしめてゐむ
敗れしをふかくは悔いてをらざればひたすらに飢餓を怖れたるのみ
弱りゆく体をいたはり励み生くるわが衣も奪ひし少佐呉少府

うたれたる頰には感覚あらずして呉少府が構へし銃《つつ》の前にただ
憎悪なく澄みゆけるときわが眼なにに縋りて光りたりしぞ
滅びゆくものの厳しさ女《をみな》一人省境の日に晒す屍ぞ
げに寒き面もちをして佇ちをりぬ屍体を落す穴黒きなか
病みし歯を労りて一日守り生く老いづけばただに脱けゆくものを
黒き跫土をふまへて生くるにも児らに張りある明日は展けむ
風寒き川のかなたに茜さし鵞の群のぼる水を堰きつつ
石の肌黒き光りにひびきゐぬ滴るものを聴くごとくにて

雲くらく低き部落の上を過ぎひとところ見す紅の日の色
夕干潟降りしきりゐる雨ありて石《いは》のくぼみを満たしつつあり
高潮のうねり寄せくる石のへを這ひおつる蟹俊敏のさま
鶺鴒のつがひ羽搏つ石のへに雨がかすかに降りつつゐたり
日がさむき光をもちて冬の日の海のうねりの深処《ど》を照らす
急かれつつ船呼ぶ汀の女のこゑ夕まぐれ寒き石にひびきて
長き釣竿《はね》もちたる漁士《かこ》が夕ちかき空にびゆんびゆん素振りくれたり
灰白の海のはたてに時雨ふる漁火点るなき夜むかふべし

朴訥の怒りかく我を責めくるも不漁に根ざす焦りともきく

魚価下落我を責めくる漁民のこゑ泪いづるを耐へつつ聴けり

支払資金全部をはたらきつくしたら後は漁士らの責むを怺へむ

茫々たる光りとなりて逝かれたり尾上先生また既に前田夕暮

富戸市場《いち》のみよしたくお君明朗なる女《ひと》を娶ればこの夜をねむ

しづかなる湯気のむかうに霜の光る夜の薑あり汝とふたり浴ぶ

背のひふに陽が滲みくれば明日をあたためゐるごとく坐す

ある夜ふと思ひだしたることありてペン先の金押しぬぐひたり

空にある遠きこがらし身に透り氷にとほりたるあかき峡の日

黙ふかくゆかむほかなし雪のうへ我がふむ足跡《あと》のこぐちの皓さ

こころしてみたる土ある石《いは》ひだよ蟲がすごもりゐたり冬の日

沈黙の執務ぎりぎりになせる時かたへの少女呼吸する音

弾丸爆ぜるあひだもしづかなる黙ありて徹底して体内《うち》をさわがしめたり

かすかなる響きあげつつ地のうへの石をつつみて雪ふりゐたり

海のうへの風波《かざなみ》移ろひゆくみえつ月満ちて苦楽の日々を具象す

試射場返還にうろたへありと聴くこの夜の酒にがしにがし日本人

かさねたる石のあひだを風ゆけば暫く微塵ふく音たつる
夜の街に雪に紛れむしばらくぞ茫々としてゆけば頬打つ
信仰にあやかり断ちしは博徒らぞ頂にして首なき石仏《ほとけ》
伊豆半島に生まれし漁師がその裸体を運びてゆけり土匂ふなか
かれごゑをぶつつけあへる漁民ゐてむろあじは凪ぎたる海に獲れたり
あけつぴろげを性とし生くるまた難きときありわれはびしびし打たる
氷をたぶる歯ごたへぞよき働きを終へたるからだにかく沁みてゆく
いはに乾《ひ》る潮の匂ひを愛しめば生きてゐること非凡にちかき

いまみゆる涯は夜ぞはづみある地のたひらを踏むべくゆきぬ
ゴム合羽びしよぬれて浜に上りくる漁師のかほみな鱗が光れり
旋風が越えたる街のはたてにししぶきあふられてたつビルの壁
いは肌のほてりをいま踏むたしかさよはだしに還るよるまたあした
朝の霧絶えまなくゆく街にして始業をつぐる遠きサイレン
衝迫する怒りも耐ふる時ありてたひらかなる地のおもてをば踏む
冬さりし路面に芽ぶく草ありて一葉の土をささげてゐたり
冬来りし疎林の上に日がひとつあればぞとほき谷照らしたり

浸蝕せる岩礁《いはね》の上を目の移るあひだも磯に浪うちあがる

野はしぐれなる夜の光《て》りに車窓《まど》とほく茫々とながれゆきたるすゝき

われらみな家にかへるを野の涯にくろぐろとゐる仔牛か馬か

砂川基地の踏みしだかれし草の匂ひ嗅ぐごとくしてニュースは終る

経堂の市場《いち》にねぶかゞ匂ひゐつ田園の街ゆけども昏き

足立三郎坐れば肩がぶつかりあふ朝しづかなる秋海棠のはな

颱風の街をずぶ濡れゆけるひとみな洋傘《かさ》のたけ我より低し

煤煙のふる街てらす星明り地ぼてりのこる田の畦にみつ

懐しくなれば他愛なし戦ひのあひだ徒歩《かち》ゆきし広西省《カンシイ》とほく

満州に兵たりし山本友一が無頼の我と血のかよふ知る

懶惰なる直太といへど根を張りたる土のほてりは我のみがしる

「鉄の歌」よみて香川を愛せりきいふこともなく唯愛せりき

磯山を日照り移り石《いは》の上を浪うつ音も吾もあらぶる

手を搏ちて人喚《よ》ぶときに手のひらにこもらふひびきやや渇きあり

茶の味覚わかりかぬれば飲みをりてしづかに湯気を吹きつつゐたり

わが踏まむ石のむかひに蟹をりても一つの蟹に挑みてゆけり

漁祝ひに酔ひし老いたるまはだかが丸太の如くかつがれゆけり
原色の裸群あそべる砂にして蟹のかふらが放てる匂ひ
競《せり》台に放てる朝の赫がれひせり上りゆく声浴びてゐつ
入札《ふだ》を競《せ》るたづきといへど窺ひあふかかる累積は性となりゆく
浸蝕のいはねの草地にねころべばめぐりを動けるかぜの匂ひす
夜の雷雨うねりを叩けば耐へがたき漁船ぬかりなく退避しはじむ
夕光が胸毛のしづくに動きゐて起ちたる漁師ゴムズボン穿く
雪のごとしと見るとき鷗夕映の湾のおもてを搏つごとくにて

海の面鵜のゆくしづけさ水夫《かこ》のゐて赫き手をあぐ夕南風《はえ》のなか

はたらくを当然とせばかくしやくたり老いたる漁師といはむも美《は》しき

しろじろとはがねの如き日の面《つら》にいるか追ひたる舳《へさき》を入れる

サンピドロの港に曾て遊びたりき鵜のみづ潜るさまも嘆きぬ

曾つて流人ら生き耐へゐたる生活の断片とし漁師畑を打つ

ふとおもふかなしさにしてはだへ赫く米国にすなどり住む日本人

獲物ただ鮹一ぴきを投売すこれの造作も親しみぶかき

潮鳴りのやや遠きとき砕かれてこほろぎが猫にたべらるるみつ

畳の目に煙草ふきつけゐし君も夜かげも刻々にしづまりゆきぬ
足型の具象となりゐつ大胆なる踏みあと一つ地に翳したり
しろき日が岬山端に光りゐぬ海風微塵を飛ばしめてのち
黄の微塵あげつつ光放ちゐぬ日は半円にしづむ野のうへ
飛沫つつひきあげざまに摑まれて海老が体ごと我が掌を打てり
石《いは》ひだを動けるかぜが銀粉のごとく微塵の光いだしぬ
赤蟹の繊毛みづをいでたれば這ひつつ乾ける石を濡らしぬ
鵜の羽おとたちまちにして靄しづむ磯のべを沖にむかひきえたり

海にむく背面ひとつかぜ打たむごとく過ぎたる岩礁《いは》に吾もゐつ

磯のべに乙女のきたり桶のへり溢れむほどにしみづ汲みあぐ

あはび放ついけす襲はむ黄のうなぎ生きむためかく迫るするどさ

ふし太きはゝねを搏ちたり冬空をしばらくさばが生きゐて飛べり

抉りたる鰓《えら》捨てむとき血の乾きゆくたなぞこにかぜ打ちあたる

いね渋る子を暗きへやに段々にねむらしめゆく妻もたけたる

いそがしき夜のくもり空木架《はさ》に乾すするめのゝ燐が燃えつつぞゐぬ

短切に漁労の疲れをぶつけらるる言葉《こと》のはづみは幾年ぶりぞ

爆破せる土砂落下するしばらくを雨のごとくに清しみ聴くも
忙《せは》しがるエンジンひびくに便箋に書きこむいかの値はやすきなり
ぜに渡すわが手の下に掌のありてきびきび仕切り受くる指太き
いちじゆくの果液うばはむ熊蜂の翅おとしばらくしたりしも午後
倚りきたりあげつらふときわが叔母が放らつの日々まなに見えたり
泪いづる日も離《か》れゆけどをさな児が花売る街を雲覆ひたり
沛然たる雨きたるとき菜の茎が渇きのごとくあびる泥粒
まなこみな衆に拠りつつ迫りくる鋭きにして我れ黙りたる

死をつきつめ思ひたるにぞいねられぬ夜なれば我は起きつづくのみ

理財には縁なきひとりのたなぞこと生肌にこごしき夕日おち来よ

油断なく従かむ職にぞまぎれなく光れる明日は我がために来む

きんだいのぶつ切り汁にうかびたる干大根《かんぼし》よ古代のひと愛せりき

首刎ねらるる日までを漁《すなど》り畠打ちし流人のたづき現在《いま》につたへき

愛《を》しみつ手伸しゆくにぞたなぞこにびしびし音するめ一枚

ひるいねて夜にははたらく労働者石粉の匂ひ放ち行き交ふ

飛沫きつつ日昏るる汀に我が佇てば親しみぶかき独りをいへり

安逸に遁れむ生を否みゐつこの日干潟を蟹わたるみつ

石ひだのふかきに響く夜の雨が湍ちて跫を浸しくるかな

野を覆ふ曇りに放つ鴉《あ》の声がむれつつ遠き峡に降りゆく

野地の石削ぎつつ昏るる屋根一つ緩き傾斜に風あたるとき

送電碍子光らしめつつ空にある野の寂寞は云ひがたきのみ

淡黄を湛ふる夜の食器《うつは》らの窪みを満たす如きこころぞ

重き空ひかりて銀の響あり「羽搏つあまたの鳥どもゆきぬ」

牢格子の威想昼を走りつつかぎりなく乾る石ひだの土

半島の流人といへり石がきを剝ぎて食ひたる生活つたへき
摑みゐし石ただくろし淙々と我にかへらむものはみづ音
幻想路海へ伸びたり語りあひつつたとへば餓うるまであゆましむ
藻のたぐひも一生かふかき彩りをこめて四月の海にしづまる
短切にこゑを放てる我がかたへ女ありて黙しゐれば稚し
「メナムの貝」語るこゑ透り溶岩の風穴より昏れつ蒼き富戸湾
操舵輪ぐんぐん廻りひとりなる夢に入りくる樹下のひるね
てのひらの稚貝ふたつ蓋ひらくあひだも天然のごとく居りにき

地に萌ゆる浜ばうふうの芽太きみつ極まりあゆむばかりか我等
しはぶきもしなくなりたれば階下のちちの熟睡七十五歳七十九日
流星塵覆ひつくさむ街眠り繋船音びゅんびゅん唸りをあげぬ
ジブラゾーン横切りて行き微かなる怖れ霧降る夜の路上に
流氓のいかり嚢《つつ》む褐色の木乃伊やすらかなる死相なす
ときをりは海豚をしぶきごと照らしハバナの沖へくろき日沈む
児の明日を耀《ひか》らしむべく知らしめむ運河構造こまごま写す
死迎ふところに陸《くげ》も海もなけれ漲らひつつ日があがりゐる

ロンドンを歩きたる後戦ひに征きて死ねざるを夜すがら夢む

追風のあたる船尾にとりとめもなく坐れども寂しくはなし

田中岑受賞と知りつパルテノン宮の円柱ゆるがぬ大さ　（アテネ、ほか）

窓昏きビル街の空はてしなくはりがね色の雨降らすなり

しづかなるおきな人形の微笑みの日本《ニホン》がつくるきめの繊かさ

黒人等虐げられて生くる街霧流らふる車窓《まど》よりみつむ

日本へ遠き航路に冬襲ふ怒り耐へたる日は昏れながら

地中海歌集第一『群』（地中海社　昭和33年6月20日発行）所収

※『群』には他に、「商」足立三郎、「壁」米田登、「轍」小林能子、「傾斜」小野茂樹が収められている。

三好直太年譜

三好たか枝 編

大正十一年
六月六日静岡県田方郡対島村富戸に恒太郎長男として生まれる
大正十四年（二歳）
母けいと死別　父の生家生川屋旅館にひきとられる
昭和二年（四歳）
父再婚　仕事の関係で一家は松崎に転居
昭和四年（六歳）
松崎より富戸に帰り、小学校に入学　父恒太郎が製材業をはじめ再び生川屋旅館にあずけられる
昭和九年（十一歳）
この頃、新聞小説「宮本武蔵」を読み白楽天の長恨歌を暗記するなど漢詩への興味をもち、生川屋に滞在中の戸野原史朗（政治評論家）に啓発され、唐詩選をはじめ多くの文学書に親しむ
昭和十年（十二歳）
父恒太郎死亡

昭和十二年（十四歳）
富戸小学校高等科二年卒業
天城山での植林中腰に打撲傷を受け、約一年間療養生活を送る
昭和十三年（十五歳）
日本郵船に入社浅間丸に乗船、船中では図書係となり、読書や詩作を続ける一方中村春堂につき書道を始める　一年余で日本書道学院を卒業
昭和十六年（十八歳）
船が神戸に入港の折　書家出口草露を知り入門
昭和十七年（十九歳）
船舶信号検定一級に合格
この頃から仏教雑誌大法輪のほか正法眼蔵を通して道元禅師の思想に傾倒
昭和十八年（二十歳）
現役兵として岡山百三十七聯隊に入隊　中支、北支、南支を転戦　広東省海豊県青草鎮で終戦を迎える
各地転戦中も戦闘の合間をみて中国の風物や唐時代の風俗画、漢詩などの鑑賞、唐詩に関しての渉猟など文学への情熱を持続する　二年におよぶ収容所生活の間も詩作や中国の原典に接し無聊を慰める
昭和二十二年（二十四歳）
中国より復員　生川屋で家業に従事　地元の教師、青年達と「さざなみ会」を結成　雑誌の発行や

討論会、奉仕活動など諸種の文化活動を行なう

昭和二十三年（二十五歳）

生川屋の養子として伯母方の姪との婚約を破棄し、生川屋を出る

その直後、僧門に入ることを決意、鶴見の総持寺を訪ねたが証明書なく入門を断られる

母方の伯父日吉彦太郎のもとで漁業に従事

昭和二十四年（二十六歳）

石井たかゑと結婚

富戸漁業協同組合に会計主任となる

同年　白日社に入社「詩歌」への投稿をはじめる、当時富戸はいかの豊漁が続き睡眠時間も二時間位で不眠不休の中で作歌に没頭

昭和二十五年（二十七歳）

長男　聖三誕生

昭和二十六年（二十八歳）

自宅にて書道教室を開く

昭和二十八年（三十歳）

前田夕暮三年祭に出口草露を通じて香川進を知り地中海入社同人となる

昭和二十九年（三十一歳）

詩歌十五人歌集『回帰線』参加

昭和三十年（三十二歳）

次男　銀誕生
詩歌戦後作品集に加わる
昭和三十二年（三十四歳）
地中海全国大会が富戸生川屋旅館で開かれる
富戸漁業協同組合を退職　稲葉哲夫の世話でギリシャ船の船員となる
昭和三十三年（三十五歳）
地中海歌集『群』を出版
昭和三十八年（四十歳）
ギリシャ船下船
六年間の外国船生活で世界各地の見聞をひろめる
同年、天城高原ゴルフ場造成に現場主任として従事
昭和三十九年（四十一歳）
伊東市芸術祭に参加　短歌で市長賞を受ける
昭和四十年（四十二歳）
天城高原ゴルフ退社
昭和四十一年（四十三歳）
塗装業を開業　自宅及び宇佐美に書道教室を開く
同年五月　歌集『離離航海』出版
十一月　出版記念会を伊東市観光会館において開く

昭和四十五年（四十七歳）
富戸公民館にて地中海全国大会開催
城ヶ崎海岸の二ヶ所に自然石に自刻の香川進の歌碑を建立
昭和四十六年（四十八歳）
塗装業廃業
富戸婦人会短歌グループで作歌指導
昭和四十七年（四十九歳）
胃潰瘍手術のため国立伊東温泉病院に入院
昭和四十八年（五十歳）
地中海C欄批評担当
県教委の依頼により各種青年団体参加の「ヤングフェスティバル」にゲストとして参加　短歌を通して青年と語り合う
昭和四十九年（五十一歳）
地中海A欄批評担当
同年九月　国立伊東温泉病院入院　十月退院以後自宅療養
十二月十一日午前九時自宅にて死去
戒名　文秀良悟上座

（「地中海」昭和五十年十一月号より）

終わりに

ギリシャ船を下船してからの三好直太は、ゴルフ場造成の現場主任として働いた後、塗装業を開業、書道教室も開いた。

昭和四十一年五月に歌集『離離航海』を出版後、暫く香川進と縁遠くなった時期があったようだが、昭和四十五年には地中海全国大会を富戸公民館にて開催。それ以後は、香川進の歌碑建立、地元の婦人会短歌グループの作歌指導等、「地中海」同人として積極的に活動していた。ところが、胃潰瘍の手術をした頃より癌の進行はあったらしく、昭和四十九年十二月十一日、自宅にて死去。五十一歳であった。

没後、「地中海」昭和五十年十一月号で追悼号が組まれ、『三好直太遺歌集』も出版された。

追悼号に名前を連ねているのは、玉城徹・片山貞美・出口草露・田中岑・江口洌・市原志郎・佐久間晟・阿久津善治・足立三郎・大森義憲・久方壽満子・小枝高夫・宮坂千代・桃原邑子・大宮うめ・小林能子・加藤紗千子・高浜フミ・佐藤てる・丸山つねゑ・小林明・福沢喜久子・

井出京子・鹿島茂・水戸嘉一・松野雅子・山口最子・吉野千枝・山村金三郎・片山登容子・深沢万里子・日吉敏雅・日吉豊子・田畑進・田畑量江・日吉知之・土屋ヒサ・三好銀・三好聖三・三好たか枝・香川進・稲葉哲夫。ページ数にして、三十四ページ。

今から見ると実に手篤い追悼号で、「地中海」における三好直太の存在の大きさを偲ばせる。寄せられた一人一人の言葉にも、真っ直ぐに生きた三好直太にふさわしい、率直な思いがこめられている。そのいくつかは、これまでの作品鑑賞の中でも紹介してきたが、ここに紹介しておきたい一つは、江口洌が書いていた次のようなエピソードである。

或る日の地中海社でであったが、両先生とわたくしが同席した折、「地中海は一つ間違った。若い石本・小野の前に三好のようないい作家を世に問うべきだった。『離離航海』を読んで見給え、僕は多くの人にあれを薦めている」と言われた。もう二年ぐらい前の話である。山本先生の作品に対する厳しさを、まず絶対に無条件にはほめないと思っていたわたくしを驚かせた。

ここに言う「両先生」とは、香川進と山本友一のことである。山本友一をして、「石本隆一や小野茂樹の前に三好直太あり」と言わしめたという歌人、三好直太。二年前くらいの話として紹介されているところをみると、このエピソードは、小野茂樹がこの世を去り、石本隆一が

「地中海」を去っていった、その頃ということであろうか。

小野・石本といった若手たちが活躍していた「地中海」の草創期に、彼らよりも少し年上の三好直太も熱心に作歌に打ち込んでいた。だが、その存在は、目立った活躍をする若手の前では、やや影が薄かったのかもしれない。けれども、その直太の作品に目を留め、山本友一は評価していたのだった。

いや、たぶん山本よりも前に評価していたのは、香川進だった。自らの手で直太の歌集の編集を手がけたのも、評価していればこそだったにちがいない。なによりも『鉄の歌』よみて香川を愛せりきいふこともなく唯愛せりき」と詠み、香川進の歌に惚れ込み、香川進についてきた直太である。そういう直太を、香川が放っておくはずがない。

香川進という人を思えば、石本隆一も小野茂樹も愛していたのだと思う。その才を、その人間を。三好直太に対しても、その生い立ちや戦争体験をも含めて愛したのだと思う。激しい人間同士である。互いにぶつかったときの激しさも想像に難くない。だが、激しいぶつかり合いを超えて、二人の間には深く理解し合える関係が築かれたのではなかったか。（ぶつかり合った挙句に、香川の元から離れていく人もあったのだが。）ある時点からの、香川に対する直太の献身ぶり、それにまた応えるかのような香川の接し方をみると、この二人の間にあった信頼の深さが思われるのである。

もう一つ紹介しておきたいのは、片山貞美の追悼文である。直太と同年生まれの片山は、早くから直太の作品に注目していたようだ。共感をもって、直太の「脱俗気分」を言い、「歌にとらわれながら歌からのがれようとする。生ずるものは苦悶と焦燥だ。三好の歌の短絡したような言い方はそれの現れである。他人や先輩の影響が見えるといっても三好にはさしたることでもない。系図などどうでもいいことだ。」と述べ、「結局、三好には脱出気分はあっても脱出できなかった。そのことはわたしのことでもある。口惜しいことだ、三好。」と結んでいる。片山の張り裂けそうな真情が伝わってくる。ここにも、男と男の、深い信頼のかたちがあった。

それにしても、病による五十一歳の死はやはり早すぎた。病に倒れなければ、更にどのような歌の世界を見せてくれただろうか。遺歌集の「後記」に香川進は「遺された一巻の集に接し、生前の著書『離離航海』の躍動の世界から、死にちかづくにしたがい、静かな、ひそかなかなしみにはいっていったということは、否めないのではないかとおもう。」と書き誌している。淡々と書いているようでありながら、そこには胸に迫るものがある。

「鑑賞・三好直太の歌」として「地中海」に途中まで連載したものに、さらに加筆修正してまとめました。三好直太の歌を読み直しながら、会ったことのないその人を身近に感じるとともに、その当時の「地中海」の熱気や、短歌を通した人との出会い、人と人との色濃く稀有な繋がりを感じる時間ともなりました。

三好直太が没して既に五十年が経ちました。けれども、この世にある一刻一刻に真剣であろうとした直太の歌は、今なお少しも古びていない。読めばいつでも命あるものとして蘇ってくるようです。触れるべき歌はもっとたくさんあるのですが、これをもってひとまず私の手からは放すことにしました。新たな読者へとバトンが繋がることを願っています。

これを書くに当たり、何度か三好聖三氏にご意見をうかがう機会を得ました。その都度対応していただき、ありがとうございました。

出版につきましては、以前、桃原邑子歌集『沖縄〈新装版〉』でお世話になった、六花書林の宇田川寛之様にこの度もお世話になることにしました。装幀は真田幸治様にしていただけるとのこと、どのような本にしていただけるか、楽しみです。こまやかなお心遣いをいただき、こころより感謝申し上げます。

二〇二四年十一月

久我田鶴子

著者略歴

久我 田鶴子（くが たづこ）

1955年　千葉県九十九里町生まれ
1978年　國學院大學文学部国文学科卒業
　　　　高校教師となる
大学在学中に作歌をはじめ、「地中海」入社
小野茂樹の作った「羊グループ」に所属
現在、「地中海」編集人
歌集に『転生前夜』、『ものがたりせよ』、『雨を見上げる』
『菜種梅雨』（日本歌人クラブ賞）、『雀の帷子』他
歌書に『雲の製法――小野茂樹ノート』、『短歌の〈今〉を
読む――2021年コロナの日々に』がある

現住所
〒263-0031　千葉市稲毛区稲毛東６-10-２-1202　関谷方

冬潮を航く
三好直太の歌

地中海叢書第962篇

2025年４月18日　初版発行

著　者――久我田鶴子

発行者――宇田川寛之

発行所――六花書林
〒170-0005
東京都豊島区南大塚３－24－10　マリノホームズ１A
電 話 03-5949-6307
FAX 03-6912-7595

発売――開発社
〒103-0023
東京都中央区日本橋本町１－４－９　フォーラム日本橋８階
電 話 03-5205-0211
FAX 03-5205-2516

印刷――相良整版印刷

製本――武蔵製本

定価はカバーに表示してあります
ISBN978-4-910181-80-6 C0095

冬潮を航く

三好直太の歌

久我田鶴子
Kuga Tazuko

六花書林